가까이 다가오지 마

가까이 다가오지 마

에릭 월터스 지음 | 김선영 옮김

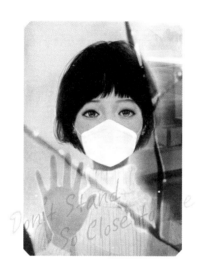

푸른숲주니어

차례

✳ ✳ ✳

나의 손자와 손녀인 퀸, 아이작, 리즈에게,
그리고 그 아이들이 서로 도와 만들어 갈 미래를 위해!

"아이작, 최소한 관심은 좀 가져 줄래?"

제나가 말했다.

아이작은 휴대폰에서 눈을 떼며 천천히 고개를 들었다.

"나, 지금 최소한으로 관심을 가지려고 무지무지 노력 중인데?"

나와 리즈는 터지려는 웃음을 참으려고 애썼지만 어찌할 수가 없었다. 그러거나 말거나, 아이작은 아랑곳하지 않았다.

"퀸, 네가 쟤한테 뭐라고 한마디 좀 해 봐."

제나가 나에게 얼굴을 찌푸려 보이고는 다시 아이작에게로 고개를 돌렸다.

"아이작, 회의에 진지하게 참여하는 것도 아니면서 이 자리에는 대체 왜 나와 있는 거야?"

"어쩔 수 없었으니까. 그렇죠, 선생님?"

아이작은 페르난데스 선생님 쪽으로 고개를 돌렸다. 선생님은 우리 반 담임이면서 학생회 자문을 맡고 있었다. 지금은 교실 한쪽 끝에 앉아 책을 읽는 중이었다.

"정답."

선생님이 고개를 들며 대답했다.

"학생 회장은 학교 행사를 기획하는 회의에 반드시 참석해야 하거든."

"아이작, 넌 그것도 모른 채 회장 선거에 출마한 거지?"

제나의 말에 아이작이 대꾸했다.

"정답! 그래서인가? 네가 선거에서 이겼어야 했다는 생각이 슬슬 드네."

제나가 아이작을 홱 노려보았다. 아이작은 회장, 제나는 부회장이었다. 우리 학교는 득표순으로 자리가 정해졌다.

제나는 처음부터 회장 자리를 노렸다. 선거 운동 본부를 조직했고, 정식 공약집을 만들었으며, 포스터를 공들여 제작한 뒤 교내 곳곳에 붙였다.

아이작도 포스터를 몇 장 붙이기는 했다. 그런데 선거 구호란 것들이 죄다 "한 표 줍쇼!", "아이작과 함께라면 더 망칠 수도 있다!", "아이작이 받은 A는 오직 이름에 들어가 있는 A뿐!" 따위였다. 그러니까 아이작이 회장 선거에 나선 것은 순전히 장난이었다. 자기가 진짜로 될 거라고는 눈곱만큼도 생각하지 않았을 거다.

하지만 나는 아이작이 뽑힐 줄 알았다. 아이작이라면……그럴 만했다. 교내 운동부에서 선수로 뛰고 있는 이력도, 누구에게나 쉽게 호감을 얻는 성격도 한몫했으리라. 심지어 벌을 받을 때조차 —자주 있는 일이다.— 누군가의 비위를 건드려서가 아니라, 한시도 얌전히 있지 못하는 장난기 때문이었다. 교장 선생님마저도 아이작에게는 마지못해 벌을 주는 것처럼 보였다.

아이작은 내 '절친'이다. 그런데 제나도 소중한 친구이기는 마찬가지다. 두 사람이 싸우는 건, 아니, 누구라도 싸우는 건 싫다. 가만히 보고 있으려니 자꾸만 초조해졌다.

"아이작, 우리 의논하던 거 계속하면 안 될까?"

내 말에 아이작이 휴대폰을 주머니에 집어넣었다.

"그래, 퀸. 널 위해 집중해 볼게."

아이작과 나는 말 그대로 평생 친구다. 생일은 한 달 간격인데다 태어나서 지금까지 쭉 옆집에 살았고, 아이작이 우리 집에 건너와서 놀지 않으면 내가 아이작네 집으로 놀러 갔다.

"봄 댄스 축제를 준비할 기간은 앞으로 몇 주뿐이야."

제나의 말에 아이작이 대꾸했다.

"장소하고 음악만 있으면 돼. 장소는 체육관이 적당할 테고. 나머지도 어려울 게 뭐 있어?"

"그래? 봐, 음식도 준비해야지, 축제 콘셉트도 정해야지, 무대 장식도 생각해야지, 선곡도 해야지……."

페르난데스 선생님이 제나의 말을 거들었다.

"목록에 들어갈 노래, 써도 되는지 승인도 받아야지. 디제이도 섭외해야지……."

"디제이는 내가 하면 돼!"

아이작의 설레발에 나와 리즈는 또 웃음이 터지고 말았다.

"어라, 애들이……. 그게 왜 웃겨? 나, 음악 좋아하는 거 알잖아."

"헉, 저 말에 우리가 동의해 줘야 하는 거니?"

리즈가 나를 보며 묻더니 아이작에게로 고개를 돌렸다.

"아이작, 네가 주로 듣는 음악은 랩이나 헤비메탈, 록이잖아?"

"그게 어때서?"

"댄스 축제라고 하면 보통은 춤을 추잖아. 네가 좋아하는 음악하고는 상당히 거리가 있지."

"흠. 저기, 페르난데스 선생님? 제가 이 댄스 축제에 반드시 참석해야 할까요?"

선생님은 깊은 한숨을 내쉬었다.

"아이작, 참석해야지. 학생 회장인데 당연히."

아이작은 뭔가를 골똘히 궁리하는 표정을 짓더니 다시 입을 열었다.

"그렇다면 디제이는 진짜로 내가 할게. 대신에 노래는 누가 좀 골라 줘. 나는 평소의 모습처럼 아주 매력적이고 재미있는 무대를 만들어 볼 테니까."

제나는 들고 있던 클립보드를 손으로 톡톡 쳤다.

"좋아. 그럼 이제 해야 할 일의 목록을 정리해 보자. 6주 안에 이걸 다 해내야 한다고."

아이작이 대답했다.

"6주면 꽤 여유가 있는 것 같은데? 제나, 크게 걱정할 것 없어."

"그렇지만 벌써 다음 주가 봄방학이야. 봄방학 동안 여기에 없는 사람도 있고. 퀸, 너 멕시코 간다고 하지 않았어?"

제나가 물었다.

"가기로 했는데, 좀 연기됐어."

우리 아빠는 의사다. 그런데 최근에 병원 의료진에게 휴가 계획을 전면 연기하라는 지침이 내려왔다고 했다.

"흠, 그러고 보니 나도 없겠네. 남부로 가기로 했거든."

아이작이 우쭐거렸다.

"그래?"

아이작네가 남부로 휴가를 떠난다고? 처음 듣는 얘기여서 깜짝 놀랐다.

"저기, 우리 동네 남부 말이야. 거기 사는 친구들이 좀 있어."

어이구, 그럼 그렇지.

"제나, 너희도 어디 간다 그랬지?"

리즈의 물음에 제나가 고개를 끄덕였다.

"우린 캘리포니아에 있는 이모네 집에서 며칠 지내기로 했어. 이번에 사촌 언니가 결혼하는데, 친척들이 다 모인다나 봐. 내일 아침에 출발해."

"잠깐만! 그렇다면 내일 학교에 결석을 하겠다는 건가? 그건 괴엥장히 부적절해.”

아이작이 교장 선생님 흉내를 냈다.

“학교는 괴엥장히 중요해요, 학생!”

모두가 와! 하고 웃음을 터뜨렸다. 선생님까지도.

그때 교실 문 앞에 교장 선생님이 딱 나타났다. 순식간에 웃음소리가 뚝 그쳤다. 헉, 교장 선생님이 방금 교실에서 난 웃음소리를 들었으면 어쩌지?

“교장 선생님, 안녕하세요? 언제 뵈어도 한결같이 반갑군요.”

아이작이 우렁찬 목소리로 인사했다.

교장 선생님이 눈살을 찌푸리자, 아이작은 책상 위로 고개를 슬그머니 떨구었다. 아이작 엄마는 우리 동네 경찰서장이다. 하지만 무섭기로 치면 교장 선생님 발끝도 못 따라간다.

“페르난데스 선생님, 잠깐 이야기 좀 할까요?”

페르난데스 선생님은 교장 선생님을 따라 재빨리 복도로 나갔다.

“무슨 일일까?”

리즈의 말에 아이작이 까불대는 표정으로 대꾸했다.

“페르난데스 선생님이 큰일 났다는 거지. 내가 또 교장 선생님의 저 표정을 무지 잘 알잖아!"

"아이작, 그건 아닌 것 같은데……."

정말이지 저 녀석은 누군가를 웃기려는 욕심에 시도 때도 없이 아무 말이나 마구 던져 댄다.

얼마 뒤, 페르난데스 선생님이 교실로 돌아왔다. 정말로 크게 혼이라도 나고 온 듯한 표정을 하고서.

"선생님, 꽤 심각하셨던가 봐요?"

아이작이 조심스럽게 물었다.

"그래, 심각했지. 아니, 지금도 심각해."

"선생님, 무슨 일이에요?"

내가 걱정스런 표정으로 물었다.

"교장 선생님이 전체 조회를 하자고 하시네. 자세한 내용은 조회 시간에 알게 될 거야. 지금은 봄방학이랑 관련 있는 일이라고만 해 둘게."

"취소된다는 소식만 아니었으면!"

아이작이 외쳤다. 선생님이 뭔가 거북한 표정을 지었다.

"그래, 취소는 아니야."

그렇다면 대체 무슨 일이지?

우리가 체육관으로 불려 간 것은 점심시간이 지나고 얼마 되지 않아서였다. 전교생 400명이 모두 한자리에 모였다.

3학년인 우리는 체육관 맨 뒤 응원석 벤치에 앉았다. 2학년이 우리 바로 앞쪽에, 그리고 1학년이 단상 바로 앞에 자리를 잡았다.

나는 체육관 바닥에 모여 앉은 1학년 아이들을 물끄러미 바라보았다. 굉장히 앳되어 보였다. 새삼스럽게 나도 저렇게 어렸던 적이 있었나 싶은 생각이 들었다. 1학년으로 입학했을 때가 까마득한 옛날 같았다.

이제 우리는 중학교 생활의 끝을 향해 가고 있었다. 얼마 지나지 않아 여기서의 생활을 끝내고 갈림길에 서서 각자의 길을 따라 고등학교로 진학할 것이다. 그중에는 다른 지역으로 멀리 떠날 아이들도 있었다.

교장 선생님이 먼저 단상으로 올라갔다. 그리고 교감 선생님과 아이작, 제나가 차례로 뒤따랐다. 아이작은 단상을 가로지르면서 학생들을 향해 손을 흔들었다. 관중에게 주목받는 걸 무척 즐기는 성격이었다.

교장 선생님이 마이크 앞에 섰다. 체육관 여기저기에 서 있던 선생님들이 자기 반 아이들에게 쉿! 하며 손가락을 입에 가져다 댔다. 그러자 사방이 곧 조용해졌다.

교장 선생님이 훈화를 하기 시작했다.

"모두 점심 맛있게 먹었나요? 급작스럽게 비상 조회를 하게 되었는데 질서정연하게 입장해 주어서 고맙습니다."

비상이라고? 뭐가 비상일까?

나는 비상 상황이 싫다. 아니, 예측할 수 없는 모든 상황이 그렇다. 그러면서도 내심 이런 상황이 벌어진 이유를 알 것만 같기도 했다.

"요즘 코로나 바이러스가 급속도로 퍼져서 큰 우려를 낳고 있지요. 전파율이 워낙 높아서 적극적으로 예방을 하는 것이

매우 중요합니다."

나는 그 바이러스를 잘 알고 있었다. 얼마 전부터 우리 집 저녁 식사 시간에는 그 이야기가 빠지지 않았다. 가족 여행이 취소된 것도 그 바이러스 탓이었다. 하지만 분위기를 보아하니, 다른 아이들은 아직 자세히 모르는 눈치였다.

교장 선생님이 정부의 예방 지침을 설명했다. 그러고 나서 봄방학 얘기가 이어졌다.

"따라서 이번 봄방학 기간에 변동이 생겼습니다."

체육관 실내가 갑자기 술렁거렸다. 아이들은 다음 이야기가 무엇일지 추측하며 웅성거렸다. 교장 선생님은 말을 멈추고 잠시 기다리다가 천천히 한 손을 들었다. 그러자 체육관이 다시 조용해졌다.

"알다시피 원래 봄방학은 모레부터였습니다. 그런데 시기가 시기인 만큼 하루 일찍 시작하기로 했습니다."

우렁찬 환호성이 쏟아졌다. 방학이 하루 더 늘었다고!

교장 선생님이 손을 들자, 선생님들이 아이들을 조용히 시켰다.

"모두 조용히 집중! 중요한 내용이에요."

실내가 다시 조용해졌다.

"'사회적 거리 두기'를 효과적으로 실행하려는 정책의 하나로, 우리 지역의 모든 학교는 봄방학에 이어 3주 동안 휴교합니다."

체육관에 또다시 환호성이 터져 나왔다.

교장 선생님이 또 한 번 조용히 하라는 신호를 보냈다.

"모든 학교 일정은 3월 중순에 시작될 예정입니다. 선생님들은 면밀히 계획을 짜서 학생들이 교과 과정에 뒤처지는 일이 없도록 최선을 다할 것입니다."

이번에는 환호성 대신 체육관 여기저기서 쑥덕대는 소리가 들렸다. 나는 평소보다 부쩍 긴 방학 동안에 해야 할 숙제가 있는 건 아닌지 염려스러웠다.

교장 선생님이 덧붙였다.

"상황은……, 상황은 언제든지 바뀔 수 있습니다. 구체적인 사항은 정해지는 대로 계속 공지하겠습니다."

잠깐, 방금 교장 선생님의 목소리가 흔들린 것처럼 느껴진 건 나만의 착각일까? 교장 선생님이 떠는 건 한 번도 본 적이 없었다. 언제나 교장 선생님 때문에 다른 사람들이 떨지.

"지금 할 수 있는 말은 여기까지입니다. 이제 각자 교실로 돌아가세요. 궁금한 게 있다면 담임 선생님에게 질문하도록 해요. 모두들 건강하게 봄방학을 보내길 바랍니다."

리즈가 체육관에서 나오면서 말했다.

"이런 일일 줄이야. 정말 깜짝 놀랐어."

"그러게."

사실 나는 그다지 놀라지 않았다. 아빠에게 이미 들어서 지금의 상황이나 정부에서 검토 중인 정책을 어렴풋이 알고 있었다. 그렇다고 해도 대부분은 비현실적으로 다가오는 이야기였다. 학교는 장기간 휴교에 들어가고, 회사는 재택근무를 해야 하는……. 그 비현실적인 이야기가 이제 현실이 되었다. 아빠 말씀이 옳았다. 내심 틀리기를 바랐는데.

우리는 교실로 돌아와 각자의 자리에 앉았다.

이윽고 페르난데스 선생님이 교실로 들어섰다.

"자, 간단히 말하면 이번 봄방학은 하루 일찍 시작하는 거야. 그리고 나서도 3주 동안 더 등교하지 않는 거고. 질문 있는 사람?"

교실 여기저기서 손이 올라갔다.

"왜 그러는 거예요?"

사샤가 물었다.

"교장 선생님이 아까 '사회적 거리 두기'에 관해 말씀하셨지? 그건 사람들 사이에 거리를 둔다는 의미야. 그래야 감염자는 자신의 바이러스를 남에게 옮기지 않을 수 있고, 비감염자는 감염자로부터 자신을 지킬 수 있지."

"누가 감염되었는지 어떻게 알아요?"

사샤가 또 물었다.

"현재 우리 지역에 확진자가 있는지는 모르겠지만, 전국 곳곳에서 확진 사례가 계속 나오고 있어. 전 세계 곳곳에서도……."

선생님 말씀이 채 끝나기도 전에 올리버가 물었다.

"퀸, 너희 아빠 의사시잖아? 실제로 바이러스에 걸린 사람을 보셨대?"

나는 이 자리에서 어떤 말을 옮겨도 되는지 판단이 서지 않았다. 그래서 최대한 두루뭉술하게 대답했다.

"시내 병원에 확진자가 몇 명 있대. 우리 아빠가 치료하고 계서."

"뭐라고? 그게 진짜야?"

"우리 엄마 말로는 그렇게 많지는 않다던데?"

아이들이 앞다투어 웅성대자 페르난데스 선생님이 입을 열었다.

"자, 사샤의 질문에는 답이 되었을 거다. 학교에서 학사 일정을 급히 바꾼 것도 바로 그 때문이야. 바이러스가 퍼지지 않게 예방하려는 거지."

"그렇게 심각한 병은 아니라고 하던데요. 독감하고 비슷하다고."

다리우스가 나섰다.

"독감하고는 달라."

나도 모르게 불쑥 말이 튀어나와 버렸다. 모두들 약속이라도 한 것처럼 나를 돌아보았다. 순간 내 입을 틀어막고 싶었지만 말을 계속하는 수밖에 없었다.

"……이 바이러스 때문에 사람들이 지금 죽어 가고 있단 말이야."

"작년에 우리 할머니도 독감에 걸려 돌아가셨는걸."

샘의 말을 페르난데스 선생님이 받았다.

"샘, 갑작스러운 이별로 마음이 많이 아팠겠다. 그렇다 해도 퀸의 말을 귀담아듣는 편이 좋을 것 같은데? 이건 여느 감기와는 비교할 수 없을 만큼 아주 심각해 보이거든."

바로 그때 아이작이 뒤늦게 교실로 들어섰다.

"야호! 봄방학이 늘어났다!"

몇몇 아이들이 그 난리법석에 환호로 호응했지만, 평소와 달리 아이작의 기대에는 못 미치는 정도였다.

선생님은 아이작을 향해 입에 지퍼를 채우라는 손동작을 하고선 자리를 가리켰다. 아이작은 자기 자리로 가면서 친구들과 하이파이브를 하고 주먹을 맞부딪쳤다.

"환자가 얼마나 더 나오는지 지켜봐야 할 것 같아요."

샘이 웅얼거리자 리즈가 대꾸했다.

"환자가 기하급수적으로 늘어날 때까지 마냥 기다릴 수는 없잖아."

이번에는 아이들이 일제히 리즈를 돌아보았다. 리즈, 내 친구이자 수학의 달인.

"리즈, 환자가 기하급수적으로 증가한다는 것이 무슨 뜻인지 친구들에게 설명해 볼까?"

페르난데스 선생님이 리즈에게 물었다.

"저는 확률 공식을 죄다 끌어모아 설명하고 싶지만, 어제 퀸이 저한테 설명한 방식이 훨씬 더 이해하기 쉬울 것 같아요."

"그럼 퀸? 네가 말해 볼래?"

선생님의 눈짓을 따라 모두의 눈길이 내게로 쏠렸다. 정말이지 내키지 않았지만 물러설 도리가 없었다. 나는 깊이 숨을

들이마셨다.

"아빠가 저한테 설명해 주신 대로 해 볼게요."

자리에서 일어나 화이트보드 앞에 가서 섰다. 마커를 집어서 화이트보드 위쪽에 동그라미를 크게 한 개 그렸다.

"이걸 아이작이라고 칠게."

"나하고 하나도 안 닮았다!"

아이작이 장난스럽게 항의하자 선생님이 나서서 제지했다.

"아이작, 그만. 퀸은 계속하고."

나는 동그라미 가운데에 '아이작', 그리고 '코로나19'라고 적었다.

"지금 아이작은 코로나에 감염되었어."

"나, 감염 안 됐거든?"

"아니, 감염된 걸로 치자고."

나는 아이작의 동그라미 아래에 동그라미 네 개를 더 그린 다음 각각 다리우스, 노아, 데브, 올리버의 이름을 썼다. 다 아이작 일당이었다.

"아이작, 네가 방금 이 네 명을 감염시켰어."

"우릴 어떻게 감염시켜?"

올리버가 물었다.

"아까 아이작이 자리로 갈 때 너희 넷이랑 하이파이브했잖아. 그래서 감염된 거야."

나는 동그라미 네 개에 '코로나19'라고 썼다. 그런 다음, 각각의 동그라미 아래에 좀 더 작은 동그라미를 그 애들의 가족 수에 맞춰 그렸다. 다리우스 아래에는 동그라미 다섯 개, 데브 아래에는 세 개, 올리버와 노아 아래에는 각각 두 개씩 그렸다. 우리는 다 같은 초등학교를 다녔기 때문에 가족 관계를 빠삭하게 꿰고 있었다.

"너희 한 명 한 명이 각자 엄마와 아빠, 누나, 형, 동생들에게 코로나 바이러스를 옮기는 거야."

나는 작은 동그라미에도 모두 코로나19를 썼다. 그리고 동그라미를 계속 더 그렸다.

"이제 가족들은 각자의 친구와 이웃, 회사 동료, 그리고 쇼핑몰에서 마주친 사람들한테 바이러스를 옮기는 거지."

곧 화이트보드는 남아날 공간이 없이 수많은 동그라미로 꽉 찼다.

"퀸, 아주 잘 설명했어. 자, 여기 이 아주 효과적인 모형으로 알 수 있듯이, 감염된 사람은 한 명에서 네 명으로, 네 명에서 스무 명으로, 스무 명에서 일흔 명으로 아주 빠르게 증가하게 돼. 이게 기하급수적 증가야. 자, 퀸에게 박수 한번 칠까?"

선생님이 말했다.

나는 아이들의 박수를 받으며 자리로 와서 앉았다. 아이들의 시선에서 벗어나자 마음이 한결 놓였다.

"이렇게 무시무시한 속도로 증가하는 걸 어떻게 막을 수 있을까?"

선생님의 질문에 리즈가 대뜸 나섰다.

"아이작이랑 아무도 상대하지 않는 거예요."

아이작을 포함해 모두가 와 하고 웃었다.

"다들 웃지만, 사실 그게 바로 지금 우리가 해야 하는 일이야. 서로 접촉을 줄여야만 바이러스가 기하급수적으로 증가하는 걸 막을 수 있어."

"아직도 정확히는 모르겠어요."

샘이 말했다.

"그럼 이렇게 설명해 보자. 선생님이 지금 사람을 구하고 있어. 갖가지 집안일을 해 줄 사람이 필요해. 근무 시간은 아침 9시부터 6시까지. 첫날 일당은 1달러."

"우우! 너무 싸요!"

노아가 외쳤다.

"그럼 다음 날은 두 배로 올려 줄게. 그럼 2달러지?"

"그래도 안 할래요."

또다시 노아가 대답했다.

"그렇게 계속 매일 전날보다 두 배씩 올려 줄 거야. 이런 조건에 도전할 사람 없니?"

"일은 며칠이나 하는 거예요?"

내가 물었다.

"3주간."

어떻게 되어 가는 상황인지 알 것 같았다.

"그럼 저요. 제가 할게요."

나는 얼른 대답했다.

"퀸, 다시 생각해 봐. 공짜로 일해 주는 거나 마찬가지잖아!"

노아가 말했다.

"노아, 사실 퀸은 아주 현명한 선택을 했어. 자, 함께 보자."

선생님은 화이트보드를 싹 지우고 세로로 세 줄, 가로로 일곱 칸인 표를 그렸다. 옆으로 길쭉한 그 표는 3주라는 시간을 나타냈다. 이어서 선생님은 첫 번째 칸에 1달러, 옆 칸에 2달러, 그 옆 칸에 4달러라고 썼다.

그렇게 한 칸씩 채워 나가는 사이에 첫 주가 끝났다. 일곱 번째 칸에는 64달러가 적혔다. 두 번째 주는 128달러로 시작해서 8,192달러로 끝났다. 세 번째 주의 시작은 16,384달러였다. 선생님은 계속 써 나갔다. 아이들이 이 상황을 하나둘 이해하면서 교실이 술렁거리기 시작했다.

"즉, 첫날에는 1달러였던 일당이 3주가 지난 뒤에는 백만 달러 이상으로 훌쩍 뛰는 거지. 고작 하루 일한 대가가 말이야. 이게 바로 기하급수적 증가야. 이제 무슨 얘기인지 다들 이해하겠지?"

"퀸한테 결혼하자고 해야 한다는 이야기죠?"

아이작이 장난스럽게 말했다.

몇몇 아이들이 아이작이 기대한 대로 킥킥거렸다. 나는 짐짓 아이작을 쏘아보았다.

선생님이 빙그레 웃었다.

"글쎄……, 선생님 생각에는 퀸이 이번에도 아주 현명한 결정을 내릴 것 같은데? 더 궁금한 것 있니?"

레이철이 손을 번쩍 들었다. 나는 조금 놀랐다. 레이철은 착실한 아이지만 좀처럼 나서는 일이 없었다.

"사회적 거리 두기는 앞으로 몇 주 동안만 하는 것이겠죠?"

"길어질 것 같진 않아. 그래도 우선 지켜봐야겠지."

선생님이 대답했다.

레이철은 뭔가 걱정을 던 것 같은 표정을 지었다. 나도 덩달아 기분이 조금 나아졌다.

"이제 소지품을 챙겨서 집으로 돌아가도 돼. 보고 싶은 책이 있으면 얼마든지 빌려 가고."

선생님이 학급 문고를 가리켰다.

"모두 즐겁게 잘 쉬어. 단, 너무 놀지만 말기!"

돌다리도 두드려 보고

우리는 교실 문가에서 서로를 껴안으며 작별 인사를 나누었다. 다들 감정이 북받쳐 오르는 표정이었지만, 사실 그럴 일인가 싶기도 했다. 영원히 헤어지는 것도 아닌데.

오히려 난 아이들과 포옹을 하는 순간에도 조금 전에 화이트보드에 그렸던 동그라미 생각을 떨칠 수가 없었다. 만약 누구 하나라도 이미 바이러스에 감염되었다면? 우리 반 모두가 감염될 것이다. 그렇지만 아이들의 기분을 상하게 하고 싶지 않았다. 모두 다 내 친구들이니까.

나는 리즈와 함께 학교 정원을 가로질렀다. 책을 많이 빌리는 바람에 둘 다 책가방이 불룩했다.

운동장에서 아이작이 친구들과 3 대 3 농구 시합을 하고 있었다. 솔직히 말해 공만 농구공이었다뿐이지, 축구인지 레슬링인지 알 수가 없는 경기였다. 잡아먹을 듯이 큰 소리로 이름을 외치고선 넘어뜨릴 듯이 밀쳐 대는 모습을 보면 서로 싸우는 것처럼 느껴질 정도였다.

여섯 아이의 억센 손아귀에서 벗어난 농구공이 경기장 밖으로 휙 날아가자 노아가 잽싸게 잡으러 쫓아갔다.

"아이작, 집에 같이 갈 거야?"

리즈가 물었다.

우리 셋은 집이 서로 가까워서 늘 함께 다녔다.

"시합 거의 끝났어!"

아이작이 외쳤다.

"2분 줄게. 우린 천천히 걸어간다!"

내가 말했다.

그러자 아이작이 친구들을 향해 돌아섰다.

"점수 누가 세고 있어?"

"네가 세는 줄 알았는데?"

다리우스가 대답했다.

"흠, 그럼 지금부터 6점을 먼저 넣는 쪽이 이기는 걸로 하자."

그때 학교 건물 모퉁이를 급히 돌아 나오는 교장 선생님의 모습이 보였다. 교장 선생님은 등교 시간과 점심시간, 하교 시간마다 교장실 밖으로 나와 학생들을 지켜보곤 했다.

하지만 오늘은 뭔가 분위기가 심상치 않았다. 교장 선생님은 우리 쪽으로 황급히 다가오고 있었다. 나는 리즈의 옆구리를 슬쩍 찔러 교장 선생님이 다가오고 있다는 걸 알렸다.

남자아이들은 여전히 시합에 열중해 있었다. 이 3 대 3 시합은 아무래도 레슬링에 제일 가까운 듯했다.

어느새 교장 선생님이 우리 옆으로 와서 걸음을 멈추었다.

"이 시합은 대체 정체가 뭐지?"

"아이작이 마음대로 규칙을 만들고 있어요."

내가 대답했다.

"거기, 그만!"

교장 선생님이 외치자 아이들은 즉시 시합을 멈추었다.

"미안하지만 오늘은 시합을 거기까지만 해야 할 것 같다. 교육청에서 공문이 왔는데, 학생들을 즉시 귀가시키라는구나."

"조금만 더 하면……."

아이작이 말끝을 꿀꺽 삼켰다. 교장 선생님의 눈빛이 예사

롭지 않다는 걸 뒤늦게 알아챈 모양이었다.

"즉시!"

"네, 교장 선생님."

"모두들, 긴 방학 동안 아무 탈 없이 보내도록!"

그러고는 교장 선생님이 내 쪽으로 불쑥 몸을 돌렸다.

"퀸, 아버지께 대신 인사를 전해 줄래? 노고에 감사드린다고……."

교장 선생님이 내 이름을 불러 따로 말을 걸자 기분이 이상했다.

"네, 그럴게요."

교장 선생님의 모습이 멀어지자 나와 리즈는 재빨리 걸음을 옮겼다. 아이작이 농구하던 아이들과 작별 인사를 나눈 뒤 금세 우리를 쫓아왔다.

"야, 살다 보니 이런 날도 있구나!"

"그러게, 지금 벌어지고 있는 일이 믿기지가 않아. 우리 부모님은 나한테 이런 얘기를 진혀 안 하셨거든."

리즈 엄마는 고등학교 선생님, 아빠는 초등학교 선생님이었다.

"사실 난 이렇게 될 줄 알고 있었어."

아이작이 대꾸했다.

"어이구, 어쩌다 그렇게 똑똑해지셨대?"

"똑똑해진 건 아니고, 귀가 밝은 거지. 어젯밤에 엄마가 시장님이랑 통화하는 걸 들었거든. 휴교 조치에 대한 거였어."

"맙소사, 그런데도 우리한테 귀띔도 안 해 준 거야?"

리즈가 말했다.

"우리 엄마한테는 총이 있잖아. 난 엄마의 적이 되는 일은 하고 싶지 않단 말이지."

아이작이 찡긋 윙크를 했다.

"사실 어제는 그냥 하는 이야기인 줄 알았어, 진짜로. 결정된 건 아무것도 없었다니까."

"퀸, 넌 뭐 더 아는 거 없어?"

리즈가 물었다.

"나도 휴교를 할 줄은 몰랐어. 그런데 아빠가 요즘 바이러스 얘기를 좀 자주 하시긴 했어. 사람들이 생각하는 것보다 훨씬 심각하다고."

"그거야, 뭐……. 조심하자고 하시는 말씀이겠지."

리즈가 말했다.

"아빠 말씀으로는 얼마나 더 나빠질지 아무도 모른대."

"만약 그게 방학이 더 늘어난다는 뜻이라면, 아주 나쁘지는 않겠는걸."

아이작이 대꾸했다.

"그렇게 늘어난 방학에 뭐 하려고?"

내가 물었다.

"뻔하지, 뭐. 자고 게임하고 자고 게임하고……. 그러다 지겨우면 브이로그라도 찍겠지. 이참에 유튜버로 변신이라도 해 볼까? 엄마는 아마 계속 출근하실 테니까 난 집에 쭉 혼자 있을 거 아냐? 잔소리할 사람도 없겠다……. 드디어 꿈을 실현할 수 있게 되었다고나 할까!"

아이작의 부모님은 몇 해 전부터 별거 중이다. 아이작은 늘 혼자 있는 자유를 사랑한다고 말하지만, 나는 그 속내를 빤히 알고 있다. 나라를 절반이나 가로질러야 갈 수 있는 곳에 살고 있는 아빠를 몹시 그리워한다는 걸. 거의 매일 전화 통화를 한다지만, 그래도 한 지붕 아래 사는 것과는 다르지 않을까?

"너희는? 무슨 계획 있어?"

아이작이 물었다.

"뭐, 특별한 건 없어. 책 읽고 영화 보고 그런 거."

나는 이미 취소된 멕시코 여행 이야기는 더 하고 싶지 않았

다. 어차피 가지 못할 거라면 자꾸 들먹이며 아쉬워할 필요가
없으니까.

"우리 둘 다 책 엄청 많이 빌렸어."

리즈는 불룩한 책가방을 아이작에게 보여 주었다.

"나라면 다 읽는 데 3년은 걸리겠다."

아이작이 말했다.

"진심으로?"

"알았어, 30년."

셋이서 낄낄거리며 걷다 보니 어느새 갈림길에 다다랐다.
여기서부터 리즈는 죽 직진해야 하고, 아이작과 나는 옆길로
접어들어야 했다. 리즈네 집은 아이작과 우리 집에서 두 골목
건너에 있었다. 리즈가 나를 꼭 껴안았다.

"나는 안 안아 줘?"

아이작이 짓궂은 목소리로 물었다.

"꿈도 꾸지 마. 너, 감염되었다는 거 아까 들었거든."

리즈가 빙그레 웃었다.

아이작이 나를 향해 검지를 내밀었다.

"자, 똑똑히 봐. 네가 무슨 일을 벌인 건지 알겠지? 이제 내
게 해명할 기회를 줘. 첫째, 사실 맞아. 나는 감염됐어. 바로

기쁨과 행복에! 그래서 그 기쁨과 행복을 이 세상에 퍼뜨리고 있는 중이야. 그것도 기하급수적인 속도로. 둘째, 그러니까 리즈? 전적으로 네 손해야."

"뭐래니? 퀸, 안녕. 아이작, 또 봐."

리즈가 웃으며 손을 흔들었다.

아이작과 나는 한동안 말없이 걸었다. 잠시 뒤 아이작이 물었다.

"이것 때문에 너희 집 여행이 취소된 거지?"

"응, 병원 의료진에게 휴가를 다 연기하라고 했대."

"그럴 거라고 생각했어. 경찰도 마찬가지야. 엄마도 집에 있는 시간이 줄어들 거라고 하셨어."

"그렇구나. 그것까진 몰랐어."

"내 생각엔 좀 과민 대응이 아닌가 싶은데……."

"나중에 후회하느니 미리 조심하는 게 낫잖아."

"그럼, 그럼. 돌다리도 두드려 보고 건너야 하는 법이요, 꺼진 불도 다시 보아야 하는 법이요, 언제나 옆집 잔디가 더 잘 자라는 것처럼 보이는 법이지."

"저기……, 마지막 말은 이 상황이랑 안 맞는 거 같은데?"

"그건 옆집 담이 얼마나 높은지에 따라 다르지. 남의 집 잔디를 질투한 나머지 담을 넘다가 떨어지면 다칠 수도 있잖아."

아빠는 사람들이 이번에 닥친 상황을 대수롭지 않게 말하는 태도에 대해 상당히 우려하고 있었다. 하지만……, 나는 더 따지고 싶지 않았다.

"알았어, 그런 걸로 해. 나중에 봐."

나는 우리 집 앞마당으로 들어섰다.

"퀸, 내일 봐! 와, 한 달 넘게 학교에 안 간다! 야호!"

아이작은 허공에 주먹을 날리며 외쳤다.

평범하지 않은 일상

주방에 혼자 있는데, 불현듯 발소리가 들렸다. 고개를 돌려 보니 아빠가 지하층에서 막 계단으로 올라오고 있었다.

"아빠, 집에 계신 줄 몰랐어요."

"큐캣! 왔니? 한 20분 전에 퇴근했지."

큐캣은 아빠가 날 부르는 애칭이다.

"그렇구나. 그런데 저는 왜 발소리를 못 들었죠?"

"차고로 들어와서 바로 지하층으로 갔거든."

"왜 현관으로 안 오시고요?"

"지하층에서 병원에서 입던 옷을 바로 세탁기에 넣고 그길 로 샤워까지 마치느라……."

"네? 원래는 안 그러셨잖아요."

"요 며칠 전부터 그러고 있어."

"아."

그게 좋은 건지 나쁜 건지, 판단을 내리기가 애매했다.

"참, 아빠! 휴교 소식 들으셨어요?"

"그래, 뉴스에서 온통 그 얘기더라. 아주 현명한 예방 조치 같아."

그러고 보니 아빠의 콧잔등에 빨갛게 줄로 그은 듯한 자국이 비쳤다.

"세상에, 얼굴에 난 상처는 뭐예요?"

"아, 괜찮아. 마스크에다 안면 보호구를 쓰고 있다 보니 눌려서 그렇지, 뭐. 종일 쓰고 있으니까."

아빠가 콧등을 문질렀다.

"전에도 안면 보호구를 쓰셨어요?"

"아니, 개인 보호 장비를 이렇게까지 적극적으로 사용한 적은 없지. 그나저나, 배 안 고프니? 엄마는 6시 30분쯤 되어야 올 거 같은데. 저녁 준비하는 것 좀 도와줄래?"

"그럼 나중에 치우는 건 안 해도 돼요?"

"아, 그거 공평하구나. 자, 그럼 특별 메뉴를 만들어 볼까?"

저녁 식사 시간, 오랜만에 세 식구가 한자리에 모였다.

"큐캣, 감자 좀 줄래?"

나는 감자가 담긴 볼에서 내 몫으로 몇 개를 덜어 낸 다음 아빠 쪽으로 넘겼다. 아빠는 감자를 덜어서 고기와 아스파라거스 옆에 쌓았다. 양이 엄청났는데 그걸 조금도 남기지 않고 다 먹었다.

"당신, 지난주부터 꽤 많이 먹네?"

엄마가 말했다.

"이렇게 먹어도 요즘에는 금방 배가 고파. 하루가 무지무지 길거든. 더 많이 일하고, 더 빨리 뛰어다니고……. 그래서 그런가? 당신은 오늘 어땠어?"

아빠가 물었다.

"바빴지. 오늘 전체 회의가 있었는데, 거기서 직원들 재택 근무 얘기가 나왔어."

엄마는 은행에서 일했다.

"그게 뭐예요?"

내가 엄마에게 물었다.

"엄마가 집에서 일하게 될 수도 있다는 뜻이야. 엄마 업무는 꼭 사무실에 나가지 않아도 집에서 전화나 컴퓨터로 처리할 수 있거든."

"그거 좋겠군."

아빠가 거들었다.

"통근 시간이 없어져서 시간을 벌겠지만 생각지 못한 문제들이 불쑥불쑥 튀어나오겠지. 그렇지만 우린 금방 해결 방법을 찾을 거야. 자, 그건 그렇고 퀸, 너는 어땠니?"

엄마가 나를 돌아보았다.

"평소랑 똑같다가 갑자기 확 달라졌어요. 봄방학에 이어 휴교까지 한대요."

"그런데 여행을 취소해야 한다니……."

엄마가 한숨을 길게 내쉬었다.

"그래, 하필 타이밍이 그렇지? 그래도 지금은 해외 여행을 할 시기는 아니야. 여행지 한복판에서 귀국 권고를 받을 수도 있거든."

아빠가 말했다.

"그래, 맞아. 그 정도야 나도 알지. 그냥 뜨거운 햇빛 아래 늘어지게 일광욕하는 시간을 무지무지 기대했다가 무산되니까 아쉬워서 해 본 말이야. 그나저나 당신은 오늘 괜찮았어?"

엄마가 물었다.

"힘들었지, 기진맥진할 정도로……."

나는 아빠 말에 깜짝 놀랐다. 아빠는 언제나 긍정적인 성격이었다. 의사라는 직업도 무척 사랑했고.

"확진자가 갑자기 확 늘어났어. 오늘은 어제의 두 배 가까이 되는 것 같아."

"그래도 아직 많이 나쁜 상황은 아니죠?"

내가 끼어들었다.

"그래, 너까지 걱정할 필요는 없어. 다만 바이러스에 대한 정보가 더 풍부해지면 좋겠다는 생각이 들어. 지금은 전파 경로에 대해서도 의견이 분분하고, 또 이 바이러스가 얼마나 오래 생존하는지조차 확실치 않은 상황이니까."

"옷 위에서 얼마나 사느냐 같은 거요?"

"그렇지."

"그것 때문에 요즘 지하층에서 옷을 갈아입고 샤워를 하시는 거예요?"

아빠가 고개를 끄덕였다.

"그런데 그런 정도로 안전을 지킬 수 있는지는 확실치 않아."

엄마와 아빠는 한참 동안 서로를 마주 보았다.

"퀸, 너한테 미리 말할 게 있어. 나중에 놀라지 않게."

엄마가 짐짓 차분한 목소리로 입을 열었다.

아빠가 고개를 끄덕였다. 엄마 아빠는 내가 예상치 못한 일이 닥치면 불안해하는 성격이라는 것을 잘 알고 있었다.

"앞으로 우리가 생활하는 방식에 여러 가지 변화가 있을 거야."

아빠가 말했다.

"우리, 이사 가요?"

"아니, 아니, 그런 게 아니라."

"그냥 임시 조치인데……, 아빠는 이제부터 한동안 지하층에서 생활할 거야."

엄마가 나섰다.

"왜요?"

"너나 네 엄마랑 접촉하는 일을 되도록 피하려고. 두 사람한테 바이러스를 옮기는 위험을 무릅쓰고 싶지 않거든. 그래서 이제부터는 출퇴근도 옆문으로 하고, 식사를 하거나 자는 것도 다 지하에 있는 방에서 하려고 해."

엄마가 아빠의 어깨에 손을 얹었다.

"당신, 정말 이렇게까지 해야 할까?"

"나중에 후회하는 것보다 지금 조심하는 게 낫잖아."

나는 희미하게 웃었다. 아까 아이작한테 정확히 똑같은 말을 했던 게 생각나서였다.

"나는 당신하고 퀸이 무사하도록 지켜야 해."

"그럼 아빠는 누가 지켜 주는데요?"

"아빠는 알아서 최대한 조심할게. 일할 때는 보호 장비를 꼼꼼히 갖추고, 또 잘 씻고⋯⋯. 뭐든지 다 소독해야지."

"퀸, 아빠를 믿자. 무사할 거야. 그보다 엄마 아빠는 네가 너무 걱정하지 않으면 좋겠어. 곧 괜찮아지겠지. 자, 오늘의 특별 디저트 먹을 사람?"

엄마 말에 아빠가 손을 번쩍 들었다.

"저요! 근데 요 근래 장을 통 못 봐서 냉장고가 텅텅 비었을 거야."

"원래는 그랬지. 하지만?"

엄마는 이렇게 말하며 복도로 잠깐 사라졌다가 작은 상자를 들고 돌아왔다. '매코믹스 베이커리'의 케이크 상자였다. 그 안에는 내가 좋아하는 파인애플 업사이드다운 케이크가 들어 있을 것이다.

독방에 감금된 기분

밖에서 농구공 튀기는 소리가 들렸다. 탕탕, 바닥을 때리고 솟아올랐다가 골대에 부딪혀 튕겨 나오는 소리! 보나 마나 아이작이었다. 신발을 신고 현관문 밖으로 나섰다. 자전거를 끌고 마당을 지나 우리 집과 아이작네 집 경계선인 잔디밭을 넘어갔다.

"잘돼 가?"

"5일째 되는 오늘은 지난 2일째부터 4일째 되는 날과 똑같이 꽝일 것으로 보여. 잠깐만, 생각난 게 있어."

아이작은 마당에서 분필을 하나 집어 들고 길가로 나갔다. 길에는 빗금이 네 개 그어져 있었는데, 아이작은 그 위에 가로로 하나 더 금을 그었다. 처음에는 뭘 하는 건가 싶었다. 그러다 금방 감이 왔다. 빗금들은 날짜를 표시한 거였다.

"감옥을 배경으로 한 영화를 봤어. 거기서 죄수들이 이렇게 날짜를 세더라."

"네가 감옥에 있다고 보기는 힘들지."

"그냥 감옥이 아니야. 독방 감금이라고."

"더 안 좋은 상황에 있는 사람도 많아. 그래도 너는 엄마가 같이 계시잖아. 옆집에 나도 있고."

"물론이지. 게다가 내가 있는 감옥에는 컴퓨터 게임도 있고 넷플릭스도 있고 군것질거리도 잔뜩 있어. 엄청난 행운이랄까?"

"너희 엄마는 요즘 어떠셔?"

"일만 하셔, 너희 아빠처럼. 잠깐씩 집에 들렀다 가시는데, 내가 무슨 사고라도 치지 않았는지 확인하러 오시는 것 같아."

"방학에 하겠다던 그 대단한 계획들은 다 어쩌고?"

"모르겠어. 같이 놀 애들이 없어서 그런가? 도무지 흥이 안 나네. 사회적 거리 두기가 정말 밥맛인 게, 엄마는 내가 집에서 한 발짝만 나가도 하늘이 무너질 것처럼 걱정을 하셔. 넌 지금 자전거 타러 가는 거야?"

"응, 리즈하고 비스타 빌리지 로지 요양원에 가려고. 리즈 할머니 뵈러 갈 거야."

"나도 같이 갈래."

"너희 엄마가 허락하지 않으실 거 같은데?"

"한 발짝이라는 건 상대적인 개념이야. 요양원은 자전거로 얼마나 걸려?"

"한 15분쯤. 정말 같이 갈 거야?"

"이러고 있는 것보다는 그게 더 낫잖아? 잠깐만 기다려. 자전거 가져올게."

우리 셋은 자전거 길을 따라 달렸다. 예상 외로 많은 사람들이 집 밖으로 나와 있었다. 대부분은 산책을 하거나, 자전거를 타거나, 조깅을 하는 사람들이었지만, 온 가족이 나들이를 나온 경우도 많았다. 산책로에도 공원에도 사람들이 바글바글했다. 공원의 그네는 어린아이들로 꽉 찼고, 반려견 놀이터도 강아지로 북적였다.

"밖에 나와서 달리니까 진짜 좋다."

아이작이 소리치자 리즈가 맞받았다.

"이제 좀 숨통이 트이네. 우리 엄마 아빠, 두 분 다 지금 완전히 패닉 상태이시거든."

"왜?"

"원격으로 수업할 방법을 연구 중이서."

"뭐? 혹시 너희 부모님은 우리가 학교로 다신 돌아갈 수 없다고 생각하시는 거야?"

아이작이 물었다.

"모르지, 뭐. 어쨌든 두 분 다 지금 '줌'이라는 어플이랑 씨름 중이서."

"아, 그거! 한 번에 여러 사람이 접속해서 대화할 때 쓰는 거잖아?"

아이작이 호들갑스레 알은척했다.

"수업 일수 모자란 거 보충하는 것만으로도 할 일이 태산이라고 하시던데?"

하긴, 봄방학에 이어 휴교까지 하니까 그만큼 수업 일수가 모자랄 터였다. 나는 고개를 끄덕였다.

그런데 내가 들은 바로는, 지금의 상황이 훨씬 더 길어질 수도 있을 듯했다. 아빠의 출근 시간이 빨라지고 퇴근 시간이 늦어지고 있는 것만 봐도 그랬다. 심지어 아빠는 내가 잠들 때까지 퇴근하지 못하는 날도 많았다. 문득 다 같이 모여 앉아 저녁을 먹고 잡담을 나누다가, 아빠 엄마를 꼭 안아 준 뒤 잠자러 가던 날들이 그리워졌다.

아빠가 집에 있는 시간은 줄어든 반면에, 엄마가 집에 있는 시간은 늘었다. 은행에서는 가능한 선에서 직원들의 업무를 재택근무로 바꾸었다. 엄마는 빈 방을 임시 사무실로 꾸몄다. 지하층에 서재가 있지만, 아빠가 생활하고 있어서 쓸 수가 없었다.

"너희 할머니는 연세가 어떻게 되셔?"

아이작이 물었다.

"여든넷."

"나, 전에 너희 할머니 뵌 적 있는 것 같은데? 할머니가 만들어 주신 생강 쿠키 엄청 맛있잖아?"

"맞아! 그 전에는 가까운 데 사셨거든. 그런데 이제 혼자 생활하기가 힘들어지셔서……. 위험한 일도 몇 번 있었어."

언젠가 들은 기억이 났다. 리즈 할머니는 집 안에서 몇 번이나 균형을 잃어 넘어졌다고 했는데, 한번은 주전자를 불 위에 올려놓고 외출해서 화재 사고를 일으키기도 했다나?

"종종 깜박깜박하실 때가 있어. 그것만 빼면 아직은 정정하신 편이셔."

드디어 저만치에 요양원이 보였다. 빨간 벽돌로 지은 7층짜리 신축 건물이었다. 정원에는 갖가지 꽃이 핀 화단이 줄지어 있고, 앉아서 쉴 수 있는 잔디밭과 산책로 같은 오솔길이 잘 가꾸어져 있었다. 전에 들어가 본 기억으로는, 실내 역시 고급 호텔처럼 멋스럽게 꾸며져 있었다. 그때 리즈 할머니가 머무는 2층 방에서 창문으로 정원이 내려다보였다.

우리는 자전거를 정문 옆에 세웠다.

리즈가 출입문 손잡이를 당겼다.

"어, 잠겼잖아? 이제까지 한 번도 잠긴 적이 없었는데."

그때 창문에 손으로 쓴 안내문이 붙어 있는 게 보였다.

면회 금지

"이게 무슨 소리지?"

리즈가 물었다.

"말 그대로인 것 같은데? 면회를 할 수 없다는⋯⋯."

아이작이 대답했다.

"그렇지만 난 할머니가 보고 싶은데."

그때 문의 잠금장치가 풀리는 소리가 나더니, 간호사 선생님이 문틈으로 고개를 빼꼼 내밀었다.

"저희 할머니를 뵈러 왔는데요. 성함은 제니 엘리스예요."

"미안하지만, 어젯밤부터 감염 예방 차원에서 면회를 금지하고 있어. 어르신들은 바이러스에 몹시 취약하시거든."

"저흰 바이러스가 없는데요."

리즈가 당황스런 목소리로 말했다. 보다 못해 내가 나섰다.

"저희 둘은 밖에서 기다려도 돼요. 얘만 들어가게 해 주시면 안 될까요?"

"미안하지만, 예외는 없어."

"저희 할머니는 괜찮으시죠? 그런 거죠?"

리즈가 물었다.

"다들 괜찮으셔. 지금쯤 우리 요양원 사무실에서 가족들한테 연락해서 면회 금지 조치를 안내하고 있을 거야. 아무튼 미안하다."

간호사 선생님은 그 말을 끝으로 다시 문을 걸어 잠갔다.

"아주 잠깐이면 되는데."

리즈는 금방이라도 울음을 터뜨릴 듯한 기세였다.

나는 아빠한테 들어서 시내 요양원 몇 군데에서 이미 확진자가 나왔다는 걸 알고 있었지만, 그 사실을 차마 리즈에게 전

할 수는 없었다.

"이대로 돌아가는 게 옳아. 그래야 할머니가 안전하실 테니까. 응?"

나는 리즈의 팔을 부드럽게 잡았다.

"나도 알아. 그냥 인사만이라도 할 수 있으면 좋겠어서."

"할머니 방이 어디지?"

아이작이 뜬금없이 물었다.

"214호실. 건물 뒤편이야."

"여긴 방마다 베란다가 있지?"

"으응……."

"할머니께 전화 걸어서 베란다로 나오시라고 해 봐."

아이작이 리즈에게 말했다.

리즈는 고개를 끄덕이더니 휴대폰을 꺼내서 할머니 번호를 눌렀다. 그러고는 재빨리 건물 뒤편으로 앞장서 걸어갔다.

"여보세요, 할머니? 저예요. 리즈요! 지금 베란다로 나오실 수 있어요? 깜짝 방문이에요. 그냥 나오세요. 네, 네."

이윽고 할머니의 모습이 베란다에 나타났다. 우리는 할머니의 방 베란다 바로 아래로 가서 섰다.

"할머니! 저 왔어요!"

리즈가 외쳤다.

"리즈! 왜 올라오지 않고? 할머니가 너 주려고 쿠키도 구워 놨는데!"

"저흰 못 들어간대요!"

"정문으로 와 봐. 건물을 돌아가면 돼. 그리로 들어와."

나는 리즈에게 나직이 말했다.

"리즈, 할머니가 이 상황을 이해 못 하신 것 같아."

리즈가 고개를 끄덕이더니 할머니를 올려다보며 외쳤다.

"할머니! 친구들이랑 요 앞을 지나다가 인사하려고 잠깐 들른 거예요."

"안녕하세요!"

아이작이 손을 흔들며 큰 소리로 인사했다. 나도 따라 했다.

"안녕하세요!"

"오늘은 이만 갈게요. 사랑해요! 금방 또 올게요!"

리즈가 말했다.

"천사 같은 내 손녀, 할머니도 사랑한다. 잘 가! 사랑해."

할머니의 모습이 베란다 너머로 사라진 뒤, 문 닫히는 소리가 났다.

"너무해, 정말 너무해."

리즈가 울먹였다.

"그렇지만 할머니 모습을 뵈었잖아. 할머니도 네 얼굴을 보셨고. 오래가진 않을 거야. 나중에 할머니 뵈러 또 오자."

나는 그 말이 리즈에게 위로가 되기를 바랐다.

요즘은 엄마가 요리를 자주 한다. 집에 있는 시간이 많기 때문이다. 가끔은 내가 저녁을 만들 때도 있지만 보통은 보조만 한다. 언제나 아빠 몫도 함께 만든다. 아빠 저녁은 종이 접시에 담은 뒤 랩으로 덮어서, 지하층으로 가는 층계참에 놓아둔다. 그러면 아빠는 지하층의 전자레인지로 그 음식을 데워 먹는다.

"음, 오늘의 메뉴는 뭐랄까, 굉장히 창의적인데요."

나는 식탁에 놓인 요리를 보고 말했다.

"엄마표 멕시칸 치킨 딜라이트! 그런데 너무 맵게 됐네."

"물 좀 가져올게요."

나는 냉장고에서 커다란 물병을 가져와 엄마와 내 컵을 가득 채웠다.

"엄마는 오늘 뭐 재미있는 일 있었어요?"

"여섯 시간짜리 화상 회의를 재미있는 걸로 치면, 오늘은 아주 즐거웠다고 해야 하나? 너는? 신나는 일 좀 있었어?"

"리즈하고 아이작이랑 자전거 타고 요양원에 다녀왔어요."

"리즈네 할머니 뵈러?"

"네, 그런데 요양원에서 저희를 안 들여보내 줬어요."

"흠, 놀랄 일도 아니야. 아빠 말로는, 내일 아침에는 장기 요양 시설 이동 제한령이 발표될 거라더라. 거기가 한발 일찍 시작했나 보네."

"네."

나는 리즈 할머니가 아프기라도 하면 얼마나 끔찍할지는 생각하지 않으려고 애썼다.

"그것 말고도 정부에서 비필수 업종은 당분간 문을 닫으라고 할 거야."

"비필수 업종이 뭔데요?"

"식품을 파는 마트나 주유소, 약국, 병원, 이런 곳들은 명확하게 필수적이지. 그런 곳은 다 그대로 영업할 거고, 그 밖의 업종, 그러니까 옷가게나 쇼핑몰, 이발소, 미용실, 체육관들은 내일 영업 시간이 끝나는 대로 한동안 문을 닫게 될 거래."

"와, 일이 이렇게 심각해질 줄 몰랐어요."

"그래. 이제 우리는 '상승 곡선을 평평하게 하기 위해' 할 수 있는 일을 다 해야 해. 전파 속도를 늦추기 위해서 말이야."

"지금 진짜로 심각한 거죠? 지금까지 사망자는 몇 명이나 돼요?"

"글쎄, 전 세계 곳곳에서 나오고 있다니, 아마 어마어마한 숫자겠지."

"아빠 병원에서는요?"

"아빠의 예상을 뛰어넘은 거 같아……. 하지만 너무 걱정하지는 마. 엄마가 방금 말한 정부 조치도 모두 선제 대응인 셈이니까. 적절한 조치를 취하기 위해 모두들 애쓰는 거지."

엄마는 잠시 말을 쉬었다.

"그런데 퀸, 내일 발표될 내용 중에 네가 알아야 할 게 하나 더 있어. 휴교가 2주 더 연장될 거야."

"뭐라고요!"

처음에는 봄방학이 길어진 것이 좋았다. 그렇지만 이제는 친구들이 그리웠다. 심지어 수업을 듣고 숙제를 하던 것까지.

"가정 통신문을 보니까, 선생님들이 원격 시스템을 준비하고 계신대. 그러니까 곧 집에서 수업을 듣게 될 거야."

그러니까 리즈가 얘기하던 것이 이거였다. 어떻게 한다는 것인지 빨리 알고 싶었다. 원격으로라도 수업이 시작되면 좋을 것 같았다. 비록 컴퓨터로 하는 수업일지라도.

"나머지 얘기는 이따가 하자. 자, 어서 먹어! 어때? 아빠도
멕시칸 치킨 딜라이트를 좋아할까?"

좀비가 빠진 좀비 영화

집 밖으로 나와 크게 심호흡을 했다. 이렇게 깊이 숨을 들이 쉬면 마음이 차분해진다. 이번 주에 우리 학교는 온라인 개학 을 했다. 방금 수업을 듣고 나온 참인데……, 화상 수업이 은 근히 스트레스를 주었다. 교실 수업보다 집중이 잘 안 되어서 그럴까? 아니면, 모두가 내 얼굴을 쳐다보고 있는 듯해서?

아빠는 요즘 내가 잠에서 깨기도 전에 출근을 하는 것 같았 다. 차고 바로 위에 있는 내 방에서는 문이 여닫히는 소리가 생생히 다 들렸다.

재택근무 중인 엄마는 위층 사무실 방에서 이어폰을 낀 채 일하고 있었다. 그래서 통화를 할 때나 회의를 할 때는 엄마

목소리가 온 집 안에 쩌렁쩌렁 울렸다. 얼굴을 보는 것은 아침 식사를 하는 잠깐 동안뿐이었다. 엄마는 식사만 마치고 곧바로 위층으로 올라가 일을 했다.

나는 주변을 찬찬히 둘러보았다. 원래도 그다지 붐비지 않는 한적한 길이지만 오늘은 그야말로 아무도 눈에 띄지 않았다. 강아지와 산책하는 사람도, 자전거를 타는 사람도, 심지어 달리는 자동차도 없었다. 마치 드라마 〈워킹 데드〉 시리즈의 한 에피소드 속 같았다. 좀비만 빠져 있을 뿐이었다.

"잘돼 가?"

나는 갑작스레 들려온 목소리에 놀라서 펄쩍 뛰었다. 아이작이었다.

"놀라게 할 생각은 아니었는데."

아이작은 자기 집 앞마당 접이식 의자에 앉아 있었다.

"너, 거기서 뭐 해?"

"너하고 비슷할걸. 쉬는 시간이잖아. 너희 엄마하고 아빠는 잘 지내서?"

"엄마는 재택근무 중인데 얼굴 보기가 힘들고, 아빠는 일이 너무 많아서 집에 거의 안 계셔."

"우리 집이랑 똑같네. 아, 우리 엄마도 일이 너무 많다는 뜻이야."

"경찰은 한가할 줄 알았는데. 사람들이 다 집에 틀어박혀 지내니까."

"말도 마. 문 닫은 가게에 무단 침입하는 사건들이 엄청 많대. 또 공원이나 공공장소에 모이지 말라고 해도 꼭 단체 활동을 하는 사람들이 있잖아. 사람들이 새로운 규칙을 다 잘 따르는 건 아니니까."

"수업은 어때?"

"난 줌이 정말 싫어! 체질에 안 맞는 것 같아."

"선생님이 네 마이크를 끄는 게 싫은 건 아니고? 내 생각에 선생님은 나중에 교실 수업에서도 음 소거할 방법이 없는지 찾아내실 것 같은데?"

그렇게 놀리면서도 속으로는 아이작이 학교를 누비며 장난치고 다니던 날들이 몹시 그리웠다. 아이작 덕분에 우리는 얼마나 많이 웃었던가!

"너! 선생님한테 그런 거 귀띔하지 마! 그나저나……, 그냥 다시 학교에 나가고 싶다."

"봄방학이 길어졌다고 좋아서 날뛰던 건 누구였더라?"

"맞아, 그런데 너무 길어지니까 학교에 가고 싶어. 농구하던 거, 별로 하는 일도 없이 애들이랑 몰려다니던 거, 다 같이 점심 먹던 거…… . 그게 이렇게 하고 싶은 일이 될 줄이야."

"다 공부랑은 상관없는 일들이네."

"몰랐냐? 학교는 원래 공부랑 별로 상관이 없어."

아이작이 딱 잘라 말했다.

그때 누군가가 자전거를 타고 골목 모퉁이를 돌아 나왔다. 자전거가 가까이 올수록 그냥 '누군가'가 아니라는 걸 알아차렸다. 리즈였다! 아이작도 자리에서 벌떡 일어났다. 우리는 각자의 집 마당을 지나 길가로 나왔다.

리즈는 우리 집 앞에 자전거를 세웠다. 나하고 정확히 2미터 떨어진 거리였다. 우리는 어느새 새로운 규칙에 익숙해져 있었다!

"리즈, 안녕?"

"안녕? 밖에 나오니까 너무 좋다! 조용해서 정말 좋아. 너희들, 집에서 일하느라 애쓰는 엄마, 아빠하고 종일 같이 있는 게 어떤 기분인지 알아?"

"한 분만 계시는 것보다 두 배 힘든가?"

내가 대답했다.

"그때 말한…… , 뭐냐? 그래, 기하급수적인 증가 같은 느낌

이야. 두 배가 뭐야? 그 이상이야. 선생님들은 지금 줌을 활용해서 수업하시느라 진땀을 흘리고 있거든. 그 와중에 학생들도 하나하나 챙겨야 하고, 학부모들 성화도 감당해야 하고."

"근데 우리 담임 선생님은 꽤 잘하시지 않아? 수업을 화면으로 보는 건 싫지만, 수업 자체는 나쁘지 않던데."

내가 말했다.

"어쨌거나 난 줌이 싫어."

아이작이 투덜거렸다.

"넌 선생님이 음 소거 버튼을 누르시는 게 싫겠지."

리즈의 반박에 나와 아이작은 동시에 낄낄거렸다.

"맙소사, 퀸도 조금 전에 똑같이 말했어. 내가 그렇게 예측하기 쉬운 인간이야?"

"요즘 상황에서 예측하기 쉬운 건 너뿐일걸."

내가 대답했다.

"자, 업데이트할 시간이야."

아이작은 주머니에서 파란색 분필을 꺼내 들고 한길로 걸어갔다. 우리는 아이작이 빗금을 하나 더 그어 열한 번째 날을 표시하는 걸 지켜보았다.

"정말 그것밖에 안 지난 거야?"

내가 물었다.

"무슨 뜻이야?"

"백만 년은 지난 것 같아서."

우리는 각자의 자리에서 빗금들을 바라보았다. 앞마당에 놓인 분필 덕에 이 모든 게 다 현실이라는 사실이 더 실감 났다.

"그런데 이거, 나만 그런 거야? 아니면 너희 둘도 그래? 숙제 중에 '상승 곡선을 평평하게 한다.'는 뜻을 설명하라는 거. 난 무슨 뜻인지 하나도 모르겠던데?"

아이작의 말에 내가 대답했다.

"난 알 것 같아. 지난주에 엄마가 그 얘기를 하셨거든."

"나도 좀 어렵던데."

리즈가 솔직히 말했다.

"그럼 퀸, 네가 설명해 봐. 너, 지난번에도 설명 잘했잖아. 방학식 날 말이야."

아이작이 말했다.

"아이작, 너희 엄마가 시나몬 번 만드실 때 쓰는 납작한 팬하고 물병 하나만 가져다줘. 병에는 물을 가득 채워서. 그리고 음, 액션 피규어도 하나."

"너, 나 놀리는 거지?"

"아니야. 또 놀리는 거면 어때서? 너, 지금 딱히 바쁘지도 않잖아?"

"좋은 지적이야."

아이작은 금세 집 안으로 뛰어 들어갔다.

"이렇게 만나니까 정말 좋다."

나는 리즈의 말에 살짝 놀랐다.

"우리 방금까지 온라인 수업하느라 같이 있었잖아!"

"그랬지. 그렇지만 직접 보는 건 다른 것 같아. 이렇게 얼굴 보고 얘기하니까 좋다고."

"맞아. 나도 널 보니까 진짜 좋아. 할머니는 요즘 어떠서?"

"잘 지내서. 그런데 요양원에서도 확진자가 일곱 명이나 나왔어. 직원 두 사람하고 환자 다섯 사람이 감염되어서 격리되었대. 할머니하고 매일 통화를 하고 있긴 한데, 그보다는 직접 만날 수 있으면 좋겠어."

"대체 저 빗금을 몇 개나 더 그어야 이 상황이 끝날까?"

"너희 아빠가 제일 잘 아시지 않아?"

"아빠 말씀으로는 정확히 아는 사람은 아무도 없대. 그렇지만 지금 우리가 하는 일이 맞다는 건 확실하대."

아이작이 플라스틱 물병과 철제 팬을 들고 다시 나타났다.

달려오느라 물을 흘렸는지 바지가 흠뻑 젖어 있었다.

"으아, 나 좀 봐. 이젠 아주 바지에 오줌을 싼 것처럼 하고 다니네. 진짜 끝내준다. 자, 이 팬하고 물병은 어떻게 할까?"

"둘 다 바닥에 내려놔."

아이작이 팬과 물병을 얌전히 내려놓았다.

"이제 물병의 물을 팬에 부어 봐."

"여기 붓기에는 물이 너무 많은데? 넘칠 거야."

"그냥 해 봐."

아이작은 물병을 들어 팬에 물을 붓기 시작했다. 잠시 후 팬에 물이 거의 가득 찼다.

"와, 이 물이 여기에 다 들어갈 줄은 몰랐는데?"

아이작이 말했다.

"병이나 팬이나 담긴 물의 양은 똑같은데, 팬에는 물이 넓게 퍼졌지? 이게 바로 상승 곡선을 평평하게 한다는 뜻이야."

"그래서?"

아이작이 물었다.

"액션 피규어도 가져왔어?"

아이작은 주머니에서 스파이더맨 액션 피규어를 꺼냈다.

"팬 속에 세워 봐."

"잠깐만, 진짜 나 놀리는 거 아니지?"

나는 씩 웃었다. 아이작이 팬 안에다 스파이더맨을 조심스럽게 세웠다.

"물이 스파이더맨 무릎까지밖에 안 오지? 그런데 이 스파이더맨을 아까 그 물병에 세우면 어떻게 될까? 같은 양의 물 속에?"

"음, 스파이더맨이 수영을 못한다면 매우 비극적인 일이 벌어지겠지. 그러니까 네 말은 우리가 상승 곡선을 평평하게 만들려고 애를 쓰는 것이 스파이더맨을 익사시키지 않는 방법이란 뜻이잖아?"

아이작이 되물었다.

"스파이더맨뿐 아니라 그 누구든. 나이가 많은 할머니나 할아버지들은 특히 더 그래. 일단 병원이 너무 붐비지 않도록 해야 해. 그래야 의사나 간호사들이 바이러스 환자들을 치료할 수 있으니까."

"이제 알겠어. 그런데 너 말이야, 내가 아쿠아맨을 가지고 왔더라면 어쩔 뻔했어? 네 설명이 좀 우스워졌을걸!"

"하하. 지금 바지에 오줌을 싼 것 같은 사람이 있는데? 그런데도 내가 우스워질 거라고?"

"어! 벌써 시간이 이렇게 되었네? 난 이제 가야겠어. 내일 온라인 수업 시간에 만나자."

리즈가 말했다.

이럴 때 리즈를 꼭 안아 줄 수 있으면 좋겠다. 하지만 멀어지는 모습을 잠자코 지켜보는 것밖에 할 수가 없었다.

나는 아이작에게로 돌아섰다.

"나, 이제 들어가서 점심 준비할 거야. 너도 같이 먹을래?"

"집 안으로 들어오라는 건 아니지?"

"집 안은 아니고. 엄마하고 난 우리 집 뒷마당에서, 넌 너희 집 뒷마당에서 먹으면 되잖아. 기묘한 소풍이랄까?"

"평소라면 무슨 말도 안 되는 소리냐고 했을 것 같아."

"그런데 지금은?"

"평소가 아니잖아. 20분 뒤에 봐."

다시 예전으로 돌아갈 수 있을까?

"안녕하세요, 싱 아줌마? 아줌마네 개는 오늘따라 더 멋지네요."

아이작이 외쳤다.

싱 아줌마는 반려견과 함께 우리 집 앞을 지나고 있었다. 아이작과 나는 각자의 집 앞마당에 놓인 의자에 앉아서, 눈앞을 스치는 세상을 멀찍이 구경하고 있었다.

"고마워. 내가 직접 손질해 준 거야."

"솜씨가 대단하시네요. 혹시 그 이발기 좀 빌릴 수 있을까요? 애 머리도 좀 다듬게요."

내가 끼어들었다.

싱 아줌마는 아이작을 보며 밝게 웃었다.

"그러게, 머리칼이 좀 덥수룩하구나. 그런데 우리 다 마찬가지 아니겠니?"

그러면서 자신의 정수리 부근을 가리켰다.

"한동안 미용실을 못 갔더니, 흰머리가 자라서 이렇게 줄이 생겼지 뭐니?"

"흠, 줄무늬가 생겨서 멋있어 보이는데요?"

아이작이 대답했다.

"둘 다 부모님께 안부 전해 줘. 난 이만 산책하고 올게."

싱 아줌마는 매일 저녁 이 앞을 지나 산책하러 가는 팀 중의 하나였다. 요즘에는 저녁 식사 뒤에 가족끼리 삼삼오오 집 밖을 나서서 산책을 하거나, 자기 집 현관 앞이나 마당에 앉아 지나가는 행인들과 이야기 나누는 사람들이 많았다.

나와 아이작은 매일 저녁 7시 15분에 각자의 앞마당에서 만났다. 그러고는 머물고 싶을 때까지 앉아 있었다. 가끔은 캄캄해질 때까지 앉아 있기도 했다.

아이작은 분필로 집 앞 도로를 꾸몄다. 땅따먹기 판과 갖가지 꽃을 그려 두었는데, 군데군데 실없는 농담도 적어 두었다. 농담은 거의 다 아이작식의 아재 개그였지만, 사람들은 걸음을 멈춘 채 그 농담을 들여다보고 웃음을 지었다. 다들 얼마나 심심했으면…….

이번에는 아이 둘을 데리고 나온 부부가 지나갔다. 엄마는 작은아이를 태운 유모차를 밀고 있었고, 큰아이는 보조 바퀴가 달린 자전거를 타고 엄마 아빠 둘레를 빙빙 돌았다. 꼬마는 아이작네 집 앞에 멈춰 서더니 자전거에서 내려 아빠 손을 움켜잡았다. 그리고 아빠 손을 이끌며 땅따먹기 판 위를 폴짝폴짝 뛰어다녔다. 아빠와 꼬마가 마지막 칸에 도착하자 온 가족이 까르르 웃었다. 나도 저절로 웃음이 났다. 땅따먹기를 끝낸 꼬마는 다시 자전거에 올라탔다.

"이야! 너, 자전거 타는 모습이 너어무 멋지다."

아이작이 크게 외치자 꼬마가 활짝 웃었다.

"길을 멋지게 꾸며 줘서 고마워. 우리 클레어는 여기 지나는 걸 매일 밤 특별 행사로 생각해."

아이 아빠가 말했다.

"천만에요. 저한테는 아저씨 가족이 이 앞을 지나는 게 신나는 행사인걸요."

아이작이 대답했다.

클레어네 가족이 손을 흔들며 떠나갔다.

나는 눈을 가늘게 뜨고 아이작을 건너다보았다.

"넌 어쩜 그럴 수 있어?"

"뭐가?"

"굉장히 밝아 보여서."

아이작이 어깨를 으쓱했다.

"머리가 별로 좋지 않아서 걱정을 모르나 보지. 하긴 퀸, 너는 다르니까."

"난 다르지 않······."

"그만. 내가 널 얼마나 잘 아는지 꼭 말해 줘야겠어? 넌 무슨 일이 생기면 겁부터 먹고 불안해하지만, 그런 기분에 휩쓸려서 꼭 해야 할 일을 못 하지는 않지. 자, 그래서 10점 만점을 기준으로 하면, 지금 얼마나 걱정하고 있는 거야?"

"한······ 7점 정도? 대부분 아빠 걱정이야."

"당연히 걱정해야지. 너희 아빠는 최전선에 계시니까."

"나, 요즘 아빠를 거의 못 봐. 대화라고 해 봐야 전화 통화를 하거나, 층계참에서 계단 맨 아래 칸에 서 있는 아빠와 몇 마디 나누는 게 다야."

"확진자가 계속 늘고 있대, 아주 빠른 속도로."

"나도 뉴스에서 봤어. 그런데 오래는 못 보겠는 게······ 그냥,

그냥 못 보겠어."

숫자가 늘어나고 있었다. 확진자 수가, 병원으로 가는 검사자 수가, 더 심각하게는 사망자 수가 하루가 다르게 늘어나고 있었다.

"우리가 보는 건 그냥 숫자지만, 너희 아빠는 실제로 사람들을 보고 계시잖아. 정말 힘든 일일 거 같아. 물자가 부족하다던데, 병원도 의료 설비나 개인 보호 장비가 부족한 거야?"

"아니, 그건 아닌 것 같아. 누구한테 그런 얘길 들었어?"

"뉴스에서 봤지. 아빠가 그런 말씀 하신 적은 없어?"

"아니, 아직까지는."

사실 이런 이야기를 하고 있으면 마음이 더 괴로웠다.

아이작이 내 마음을 눈치챘는지 의자에서 일어섰다.

"좀 걸을래? 물론 서로 거리를 두고서."

"어디 갈 건데?"

"그냥 슬렁슬렁 걸어 보려고. 너무 앉아만 있었나 봐. 다리를 좀 움직여 줘야겠어."

"그래, 가자."

나는 인도 쪽으로 걸어갔다. 아이작은 나한테서 1~2미터쯤 떨어진 채 뒤따라왔다. 우리는 앞에서 걸어오는 이웃 사람을 만나면 고개를 숙이거나 간단히 인사를 한 다음 그들이 지나 갈 수 있게 양옆으로 비켜섰다.

어느덧 시내 상점가에 다다랐다. 식료품을 파는 마트도, 매 코믹스 베이커리도, 축구 시합이 끝난 뒤에 가곤 하던 아이스 크림 가게도 그곳에 다 있었다.

아이작이 말했다.

"와, 나 지금 당장 로키로드 아이스크림 안 먹으면 죽을 것 같아! 어떻게 아이스크림 가게가 필수 업종에서 빠질 수 있 지?"

그때 식료품을 파는 마트 앞에 2미터 간격으로 길게 늘어선 사람들이 보였다.

"저기, 저 줄 좀 봐."

"그거 들었어? 화장지 때문에 싸움이 났다고 경찰에 신고가 들어왔대."

"뉴스에서 그런 얘길 보긴 했는데, 우리 동네에서도 그런 일 이 벌어질 줄이야."

"경찰차 석 대가 출동했대. 정말 미친 거지. 화장지 때문에 싸웠다고 사람들을 체포할 지경까지 가다니."

우리는 공원으로 들어가 텅 빈 광장을 가로질렀다. 그네는 서로 묶여 있었다. 그 밖의 놀이 기구나 운동 기구에는 노란색 접근 금지 테이프가 둘러져 있었다. 테니스 코트의 네트도, 농구 골대도 사라졌다. 각종 경기와 시합이 시끌벅적하게 열리던 곳에서는 그저 아빠와 딸이 멀찍이 떨어져 선 채 공을 주고받고 있었다.

"언젠가 예전의 세상으로 돌아갈 수 있기는 한 걸까?"

내가 물었다.

"상황이 너무 빨리 바뀌긴 했어. 그러니까 돌아가는 것도 그렇지 말란 법은 없겠지."

"백신이 나올 때까지 기다려야 한다던데?"

"똑똑한 사람들이 밤낮으로 연구를 하고 있겠지."

아이작이 덧붙였다.

"가끔은 무작정 믿어 보아야 할 때도 있잖아? 그치?"

우리들의 우울한 기분

차고 문이 열리는 소리에 후다닥 책을 덮었다. 나는 아래층으로 내려가 차고로 연결된 문을 열었다.

"엄마, 쇼핑은 어땠어요?"

"휴, 장을 보는 것이 이렇게 스릴 있는 일일 줄이야!"

"이것들 다 집 안으로 옮기면 되지요?"

나는 자동차 트렁크 속의 장바구니로 냉큼 손을 뻗었다.

"안 돼!"

엄마가 갑자기 날카롭게 소리를 내질렀다.

"미안. 그냥 만지면 안 될 것 같아서. 뭔가 도와주고 싶으면 거기 계단에 앉아서 엄마 말상대나 해 줘."

나는 화들짝 놀란 나머지 주춤주춤 물러서서 계단에 앉았다. 엄마는 차에서 꺼낸 장바구니를 차고 바닥에 내려놓았다.

"사람 많았어요?"

"마트 밖까지 줄이 길게 서 있더라. 사람들이 2미터 간격을 두고 서 있었거든. 일단 안으로 들어가고 난 뒤에는 그렇게 나쁘지 않았어. 그냥 평소하고 좀 달랐을 뿐이지."

나는 엄마가 장 보러 간다고 했을 때 따라갈 수가 없었다. 한 가구당 한 사람만 마트 안으로 들어가는 것이 허용되었기 때문이다.

"통로 바닥에는 진행 방향을 가리키는 화살표가 그려져 있고, 사람들은 모두 띄엄띄엄 떨어져서 장을 봤어. 계산대에는 높은 칸막이가 설치되어 있었고. 또, 장갑하고 마스크는 기본이었지."

엄마는 여전히 목에 걸려 있는 하얀 마스크를 가리켰다.

"여하튼 모든 게 너무 초현실적이야."

"엄마, 정말 많이 사셨네요."

"그러게나 말이야. 2주 동안 버티는 데 뭐가 이렇게 많이 필요한지. 꼭 필요한 만큼만 사긴 했어. 나중에 온 사람들도 사야 할 테니까."

"아빠도 그렇게 이야기하시더라고요. 그런데 엄마, 오늘 저녁에는 아빠가 집에 오실까요?"

"잘 모르겠다. 아빠의 하루는 끝나 봐야 알 수 있으니까."

엄마는 장바구니들을 차에서 다 내리자, 이번에는 물건들을 품목별로 분류해 바닥에 내려놓았다. 고기, 우유, 과일, 채소, 통조림, 팩, 그리고 냉동식품……

"평소에도 쇼핑에서 가장 어려운 단계는 산 걸 정리하는 일이라고 생각했는데, 이제는 더 많이 힘들어졌네."

엄마는 꺼낸 물건 중 일부를 커다란 밀폐 용기에 옮겨 담았다. 냉장고에 들어갈 필요 없이 실온에서 보관할 수 있는 물건들이었다. 그렇게 하면 혹시 바이러스가 묻어 있다 해도 밀폐 용기에 들어 있는 동안 사멸할 거라는 계산에서였다.

그다음에는 과일과 채소를 싱크대 상판으로 옮겼다.

"오늘 수업은 어땠니?"

"똑같죠, 뭐. 아주 나쁜 건 아니지만 자꾸 지치긴 해요."

엄마는 뜨거운 물을 틀고 세정제를 조금 푼 다음, 물이 차오르기를 기다렸다.

"아마 네 친구들도 다 그럴 거야. 그렇지만 지금으로선 상황이 이러니 어쩌겠니?"

"알아요, 친구들이 무지무지 그리워요."

"많이 힘들지? 우린 지금 많은 걸 놓치고 있고, 또 그리워하고 있는 거야. 엄마도 아빠와 함께하던 시간이 무척 그리워. 하지만 아빠는 우리 모두를 무사히 지키기 위해 노력하고 있으니까……. 그래서인가? 요즘엔 그런 생각을 많이 해. 타인의 안전을 위해서 일하느라 자신의 가족을 만나는 것조차 어려운 사람들에게 감사하다는 생각……."

그런 이야기를 듣고 나자 친구들이 그립다며 축 늘어져 있던 나 자신이 이기적으로 느껴졌다. 그동안 나는 아빠를 그저 보고 싶어 하기만 했다. 아빠가 우리를 얼마나 보고 싶어 할지에 대해서는 별로 생각해 보지 않았다.

엄마는 과일과 채소를 싱크대의 개수대에 넣고 작은 솔로 문질렀다. 그러고 나서 하나씩 꺼내 깨끗한 물에 헹군 다음 쟁반에 올려놓았다. 그다음 차례는 우유와 요거트, 샐러드 팩이었다. 엄마는 모두 다 세정제를 푼 물에 한동안 담가 두었다 닦았다.

"엄마, 꼭 이렇게까지 해야 하는 걸까요?"

"주의해서 손해 볼 건 없잖니?"

엄마는 나를 가만히 쳐다보았다. 내가 불안해하는 것이 티가 난 것일까?

"요즘 기분은 어때?"

"괜찮아요."

"정말?"

나는 깊은 한숨을 내쉬었다.

"가끔 긴장될 때가 있는데, 어차피 그건 다 그렇잖아요? 전 잘 적응하고 있는 것 같아요. 엄마가 보시기에는 안 그래요?"

"엄마는 네가 무척 잘하고 있다고 생각해. 감당하기 힘들 법한 상황인데."

감당하기 힘들다, 그게 정확히 맞는 표현이었다. 정말로 가끔씩 그렇게 느끼고 있었다. 나는 요즘 잠을 잘 자지 못했다. 생각이 너무 많아서였다. 과연 이 상황이 끝이 나기나 할까? 아랫입술이 설핏 떨렸다. 엄마한테 이런 감정을 속속들이 이야기한다고 해도 변하는 건 없을 터였다. 더구나 엄마에게는 걱정거리가 태산이었다.

"온라인 수업은 어떤지 얘기 좀 해 봐."

"별로 얘기할 게 없어요. 선생님들이 애쓰고 계시다는 건 알고 있지만요. 제 말은 그냥, 교실에서처럼 수업에 집중하기가 힘들다는 뜻이에요. 현실 세계에서는 너무 많은 일이 벌어지고 있는데. 숙제는 재밌는 것도 있지만, 어떤 건…… 하나도 쓸데가 없는 것처럼 느껴져요. 원래 그렇죠, 뭐."

"선생님들이 힘드시겠다. 숙제는 어떤 게 재미있는데?"

"상승 곡선을 평평하게 만든다는 말의 의미가 무엇인지 찾는 게 있었는데……. 전 그게 무지 좋았어요. 그런 거 있잖아요. 수학 시간에 통계 단원을 배울 때 코로나하고 관련된 걸 과제로 낸다든가, 과학 시간에 바이러스를 조사해 보는 거. 또 국어 시간에는 지금의 현실이 어떻게 느껴지는지를 주제로 작문을 하는 거?"

"학교 숙제에 바이러스에 관한 게 많아지면 더 힘들지 않겠어? 가끔은 현실에서 벗어나고 싶지 않아?"

"현실에서 벗어날 방법 같은 건 없어요! 제 생각에는 차라리 정보를 많이 알고 대화나 토론을 해 보는 게 더 나을 것 같아요. 제가 이해하지 못하는 일들이 더 마음을 불안하게 만들거든요."

"그렇다면 선생님께 건의를 해 봐. 아마 반기실걸?"

"그럴까요?"

"엄마는 네가 아이작하고 가까이 있어서 무척 다행이라고 생각해. 아이작은 혼자 있는 시간이 길어서 몹시 힘들 거야."

"우린 서로 친구 해 주는 거예요. 게다가 걔는 자길 봐 주는 사람이 없으면 뭘 잘 못하거든요."

"며칠 전에 점심 같이 먹은 것도 좋았지?"

"네."

나는 자리를 털고 일어났다. 심각한 대화는 이쯤이면 충분했다.

"이제 그만 가서 숙제할게요."

"아까 소리 질러서 미안해."

"괜찮아요. 이해해요."

"엄마는 네가 안전하길 바라는 마음에서 그런 건데……. 어쨌든 이렇게 같이 얘기하니까 좋다. 학교 숙제를 좀 더 현실적인 내용으로 하자는 건 선생님께 꼭 말씀드려 보고."

"생각해 볼게요. 그리고 있잖아요, 엄마?"

"응?"

"항상 고마워요."

계단을 사이에 둔 저녁 식사

나는 층계참에 자리를 잡고 앉았다. 무릎 위에 식판을 얹고서. 아빠는 계단 열두 칸 밑, 그러니까 맨 아래 칸에 앉아 있었다. 멀리서도 아빠 얼굴에 난 마스크 자국이 또렷이 보였다. 아빠는 손도 많이 거칠어졌다고 했다. 하도 자주 씻고 소독을 해서 살갗이 다 상해 버린 모양이었다.

"우리 큐캣, 요즘 어떻게 지냈니? 이렇게 같이 저녁 먹으니까 좋다."

"저도 좋아요."

비록 나란히 앉아 있지는 못하지만, 그래도 좋기는 마찬가지였다.

"엄마도 같이 먹었으면 했는데. 이 시각까지 바쁘다고 해서 놀랐지 뭐니?"

"전 아빠가 이 시각에 일을 안 하셔서 놀랐어요."

"미안하다. 엄마하고 아빠가 둘 다 바빠서 네가 참 힘들 거야. 요즘은 일하지 않는 사람들이 많은데, 엄마하고 아빠는 전보다 일을 더 많이 하는 것 같네."

별생각 없이 한 말이었는데. 요새 아빠가 집에서 저녁 식사를 통 못 한다는 뜻으로……

"제가 말실수를 했나 봐요. 아빠가 중요한 일 하시는 거 알아요. 힘들다는 것도요."

"그렇게 티가 많이 나니?"

아빠가 얼굴에 난 마스크 자국을 손으로 문질렀다.

"꼭 마스크 때문만은 아니고요."

아빠와 나는 한동안 말없이 먹기만 했다. 아빠는 할 말을 찾고 있는 걸까, 아니면 아무 말도 할 수 없을 만큼 피곤한 걸까?

"여기 이렇게 너하고 앉아 있으니까, 내가 왜 이 일을 하고 있는지 새삼 깨닫게 되는걸."

나는 내가 요즘 걱정하는 문제로 아빠를 신경 쓰이게 해도 되는지 알 수가 없었다. 그렇지만 물어보기로 마음먹었다.

"아빠?"

"응, 우리 딸."

"요즘 계속 뉴스를 보고 있는데요……, 병원에는 개인 보호 장비가 충분한 거예요?"

"병원에서는 안전 예방 지침을 모두 따르고 있어. 현재로선 보호 장비도 충분하고. 정말로 염려스러운 건 요양원 같은 시설이야."

"리즈네 할머니가 계신 요양원 같은 곳이요?"

"장기 요양 시설이면 모두 다 해당하지. 그런 곳들은 지금 직원들에게 줄 보호 장비를 구하느라 백방으로 뛰어다니고 있을 거야."

"어떻게 해요? 뉴스나 인터넷에서는 연장자일수록 고위험군에 속한다고 하던데요."

"요즘 우리 딸이 인터넷을 많이 한다는 말처럼 들리는구나."

"많이 해요. 그거 말고 달리 할 수 있는 게 없잖아요?"

"이럴 때일수록 신중해야 해. 인터넷에는 잘못된 정보도 꽤 많이 돌아다니니까."

"나이가 많은 사람들 이야기도 가짜 뉴스인가요?"

"아니. 나이 든 분들과 지병이 있는 사람들, 그러니까 원래

심장에 문제가 있었거나 당뇨병, 혹은 호흡기 질환을 앓고 있던 사람들이 고위험군인 건 맞아. 전체 사망자 중에서 가장 높은 비율이 70세 이상이고."

사망자……. 그건 아빠가 최근 들어 좀처럼 입에 올리지 않던 단어였다.

"병원에서 사망자가 많이 나왔어요?"

"아빠가 이제껏 본 것보다 많아."

아빠는 에둘러서 표현했지만 꽤 심각하게 들렸다.

"중요한 건 상승 곡선을 평평하게 만들기 위해 우리가 지금 하고 있는 일들을 계속해 나가야 한다는 거야."

"그게 효과가 있어요?"

"차츰차츰 평평해지고 있어. 이제 좀 긴장을 풀어도 된다고 말하는 사람들도 있는데, 내 생각엔 아직 아니야. 자동차로 내리막길을 빠르게 내려가는 상황에서, 충돌하지 않기 위해 속도를 줄여야 한다고 해 보자. 그럴 때는 브레이크에서 발을 떼어선 안 돼. 더 꾹 밟고 있어야지."

"이해가 돼요."

나는 아빠에게 정말로 묻고 싶은 것이 또 있었지만, 어떻게 말문을 열어야 좋을지 몰라서 고민스러웠다. 조금 돌려서 말하는 게 좋을 것 같았다.

"병원에 있는 사람들도 두려워하고 있어요?"

"환자들 말이니, 아니면 의료진 말이니?"

"둘 다요."

"환자들은 모르는 것이 있어서 두렵겠지. 의료진은 아는 것이 있어서 두려울 테고."

"아빠도 두려우세요?"

내가 진짜로 묻고 싶은 질문이었다.

"안 두렵다면 거짓말일 테고."

"출근하고 싶지 않다는 생각이 들 때도 있으세요?"

"그런 날도 있지. 그렇지만 선택권이 없달까? 식료품을 파는 사람들도, 요양원에서 일하는 사람들도, 사람들의 안전을 책임지는 경찰관이나 구조대원들도 다 마찬가지야. 우리 같은 사람들이 한둘이 아니거든. 아주 많지. 이건 우리의 일이고. 큐캣, 나중에 의사가 되겠다는 생각은 여전하니?"

"요즘은……, 특히 더요."

"네가 만약 의사라면 이런 상황에서 일을 그만둘 수 있겠니?"

"아니, 적어도 지금 생각으로는 그러지 않을 것 같아요. 미래의 저도 겁을 너무 먹지 않았으면 좋겠어요."

"두렵다고 해서 그만두면, 아마 그 자리에 남아 있을 사람은 아무도 없을 거다. 어쩌면 그 두려움 덕에 우리가 더 조심해서 안전하게 일하는 것일지도 모르겠고."

그때 엄마가 계단 위에 불쑥 나타났다.

"나도 같이 저녁을 먹기엔 너무 늦은 걸까?"

"우린 거의 다 먹었어. 그렇지만 당신이 와 주면 최고의 디저트지."

아빠가 대답했다.

"그 말에는 동의할 수 없겠는데? 두 사람, 매코믹스 베이커리에서 배달 서비스 시작한 거 알고 있어?"

"엄마, 설마……?"

순간 아빠는 나보다 더 활짝 웃었던 것 같다.

"방금 파인애플 업사이드다운 케이크가 도착했지! 서프라이즈! 지금 바로 가져올게!"

새로운 제안

온라인 수업을 듣는 내내, 나는 집중력을 최대한 끌어모으려고 애를 썼다. 페르난데스 선생님의 얼굴이 화면 한가운데에 떠 있고, 그 주위를 작은 창 열여덟 개가 둘러싸고 있었다. 모두 우리 반 학생들이었다.

선생님은 목 둘레에 얼룩이 진 회색 후드티를 입고 있었다. 화장기가 전혀 없는 얼굴에 머리칼도 부스스했다. 선생님 뒤편으로는 벽에 걸린 그림이 보이고, 책장과 어질러진 탁자가 보였다.

내 창은 아래쪽 가운데에 있었다. 화면에는 얼굴과 상체만 보이게 해 두었다. 사실 아래는 잠옷 바지 차림이었다. 문득 선생님도 그런지 궁금해졌다.

나는 창을 하나하나 눈여겨보면서 누가 어디에 있는지 확인했다. 리즈는 왼쪽이었다. 수업 시간 중에 몇 번인가 질문을 했다. 아이작의 창은 위쪽이었다. 아이작의 얼굴은 슬쩍 사라졌다가 다시 나타나곤 했다. 산만한 태도가 교실에서건 온라인 수업에서건 똑같다는 게 새삼 신기했다.

"그럼 숙제는 과제 제출방에 올려 둘게. 제출은 금요일 오후까지. 질문 있는 사람?"

선생님 말씀에 몇몇 아이들이 손을 들었다. 나도 오늘은 질문할 게 있었다. 선생님이 손을 든 아이들의 이름을 한 명씩 호명하면서 질문할 기회를 주고 마이크 음 소거 상태를 해제했다. 몇몇 질문은 수업 시간에 잘 들었으면 충분히 알 만한 내용이었다. 온라인 수업에서든 교실 수업에서든 달라지지 않는 것들이 몇 가지 있었다.

"퀸?"

딴생각을 하던 나는 선생님이 부르는 소리에 깜짝 놀라 우물쭈물 입을 열었다.

"어……, 저, 이건 숙제에 관한 질문은 아니고요. 좀 다른 얘긴데요."

"그래? 뭔데?"

"요즘 개인 보호 장비가 부족한 사람들이 많대요. 가장 시급한 건 마스크라고 하고요."

"선생님도 그 뉴스 들었어. 그래서 무슨 좋은 생각이 있니?"

"우리가 마스크를 만들면 좋을 것 같아요."

"글쎄⋯⋯, 집에 재봉틀이 있는 사람이 많지 않을 텐데. 만드는 법을 아는 사람도 별로 없을 거고."

"유튜브에서 봤는데 마스크 DIY 영상이 인기더라고요. 제가 시험 삼아 하나 만들어 보았어요."

나는 마스크를 꺼내 카메라 앞에 내밀었다. 선생님이 뭔가 설정을 바꾸자, 갑자기 내 얼굴이 화면 정가운데 커다란 창에 나타났다. 순간 아침에 머리를 감을 걸 그랬나, 하고 후회가 밀려들었다.

"와우, 퀸! 정말 대단한걸."

"도안은 내려받을 수 있어요. 설명도 잘되어 있고요."

"그런데 마스크를 만들어서 어디다 쓰면 좋을까?"

선생님이 질문을 던졌다.

"비스타 빌리지 로지 요양원에 기부하면 어떨까 해요. 리즈 할머니가 계신 곳이에요."

"그렇다면 매우 뜻깊은 일이 되겠구나. 리즈, 넌 어떻게 생각하니?"

나는 리즈의 마음을 이미 알고 있었다. 그 생각이 떠오른 뒤 리즈와 가장 먼저 의논했으니까.

"저도 꼭 해 보고 싶어요."

리즈가 대답했다.

"그럼 이 프로젝트에 찬성하는 사람, 손들어 볼까?"

선생님이 모두에게 물었다.

작은 손 이모티콘이 채팅 창에 우르르 나타났다.

"만장일치네. 그럼 차차 세부 사항을 논의해 보자. 자, 오늘 수업 마치기 전에 또 질문 있는 사람? ……그래, 아이작?"

"이런 마스크도 되나요?"

나는 아이작의 창을 내려다보았다. 대체 저게 무슨 차림이야? 선생님이 먼저 쿡 하고 웃음을 터뜨렸다. 이어서 선생님이 화면 정가운데에 새로운 창을 띄웠다. 아이작은 하키 선수용 보호 마스크를 쓰고 있었다.

모두들 아이작을 가리키며 웃고 있었다.

"만약 안 되면, 이건요?"

이번에는 아이작이 하키 마스크를 벗고 스파이더맨 마스크로 갈아 썼다.

　나도 웃음이 터지고 말았다. 그리고 갑자기 아이들의 웃음소리가 스피커를 통해 흘러나왔다. 선생님이 모두의 마이크에서 무음 설정을 해제한 것이다!

　오랜만에 듣는 친구들의 웃음소리가 무척 반가웠다. 무언가가 참을 수 없이 즐거워서 함께 웃는 이 순간이 정말 좋았다. 우리는 비록 각자의 집에서 인터넷 화면의 작은 창 속에 갇혀 있었지만, 그 잠깐의 시간 동안만큼은 외따로 떨어져 있는 것이 아니었다.

　선생님이 말했다.

　"아이작, 정말 보고 싶다. 너희들 모두 보고 싶어. 얘들아, 오늘 수업에 모두 들어와 줘서 진짜 고맙다."

어쩌다 보니 대형 프로젝트

리즈와 나는 각자 자전거 안장에 앉아서 아이작이 날짜 표를 그리는 모습을 지켜보았다. 전날 밤에 비가 많이 내렸다. 아이작은 빗물에 씻겨 흐릿해진 선들에 분필로 덧칠한 다음, 오늘 자 빗금을 추가했다. 어느덧 서른여섯 번째 날이었다.

"너흰 이 상황이 이렇게 오래갈 줄 알았어?"

리즈가 물었다.

"그렇게 생각한 사람이 누가 있겠어? 아무도 상상하지 못했을걸?"

아이작이 말했다.

"7주 전만 해도 외출할 때 종일 마스크를 쓰거나, 손을 하루에 열다섯 번씩 소독하거나, 집에 오자마자 장 본 것들을 씻어 대면, 머리가 좀 어떻게 된 사람이 아닐까 했을걸."

"지금은 그렇게 하지 않는 쪽이 이상해 보이지."

내가 말했다.

우리 셋은 각자 자전거에 올라 페달을 밟으며 이야기를 계속했다.

"그런데 그거 알아? 이게 다 말도 안 된다고 주장하는 사람들도 있대. 매일 시위가 벌어지고 있다잖아."

"왜 그런 주장을 하는 거지?"

리즈가 물었다.

"바이러스가 가짜라는 거지……."

내가 말했다.

"가짜라고? 사람들이 날마다 죽고 있는데? 그런데 그게 어떻게 가짜일 수가 있어?"

"정부 조치로 가게 문을 닫은 사람들은 수입이 줄어서 하루하루 살아가기가 힘든가 봐. 또 한편에서는 자유를 포기하느니 차라리 죽음을 택하겠다고 말하는 사람들도 있고."

내가 대꾸했다.

"자유 아니면 죽음이라……. 그 사람들은 운이 좋다고 해야 하는 걸까? 그러다 자칫하면 자신들의 각오가 현실이 될지도 모르잖아?"

아이작이 말했다.

"뭐라고 쉽게 단정지을 수 없는 문제인 것 같아. 여하튼 시위대에게 800달러짜리 벌금 고지서가 나갔대. 사회적 거리두기 규정 위반으로. 저 앞에서 꺾자."

내가 말했다.

"네, 네, 선생님."

드디어 첫 번째 목적지에 다다랐다. 제나가 자기 집 앞 잔디밭에 앉아 있다가, 우리를 보고 벌떡 일어나 반갑게 손을 흔들었다. 우리도 큰 소리로 인사하며 자전거를 멈춰 세웠다. 우리는 제나한테 너무 가까이 다가서지 않게 주의했다. 제나는 무척 신난 얼굴로 작은 비닐봉지를 들어 보였다.

"몇 개야?"

아이작이 물었다.

"일곱 개."

"제나, 최고야! 길 한쪽에 놔둘래?"

리즈가 말했다.

제나는 비닐봉지를 내려놓고 뒤로 물러섰다. 리즈가 라텍스 장갑을 낀 손으로 비닐봉지를 집어 들고선 뒷자리에 매달고 온 파란색 커다란 플라스틱 통에 넣었다.

제나네 집은 우리가 앞으로 찾아가야 할 수많은 집 중 첫 번째 집이었다. 처음에는 우리 반만 하려 했던 것이 어느새 3학년 대부분이 참여하는 대형 프로젝트로 바뀌었다.

"제나, 리즈, 아이작. 우리가 언제 마지막으로 다 같이 모였었는지 기억해?"

아무도 답이 없었다. 내가 알려 줄 차례였다.

"봄 댄스 축제 의논하는 자리였잖아."

제나가 어깨를 들썩였다.

"그때는 걱정이 태산 같았는데……. 살면서 제일 심각한 고민이 고작 그런 것이었다니, 참 믿기지도 않네. 뭐, 아이작은 그때도 크게 고민 안 했을 테지만."

아이작이 말했다.

"거봐, 내가 뭐랬어? 그런 건 심각하게 고민할 게 아니라 그냥 눈 감고도 짤 수 있어야 한다니까. 어쨌든 이제 다시 가자. 아직 돌 데가 수백 군데나 남아 있으니까."

"어이, 피곤한 사람 있으면 손들어 봐."

리즈가 말했다.

"너무 피곤해서 손을 못 들겠는데?"

아이작이 장난기 가득한 얼굴로 대답했다.

"좀 지치긴 해도 애들 얼굴 보니까 너무 좋다."

내가 말했다.

마스크를 수거하면서 제일 좋았던 점은 아이들을 줌이나 페이스타임에서가 아니라 실제로 만날 수 있다는 거였다. 내가 이렇게까지 친구들을 반가워할 줄은 몰랐다. 그런데 친구들도 마찬가지였다. 다들 우리를 보면 들뜬 기분을 어쩔 줄 몰라 했다. 심지어 울음을 터뜨리기도 했다. 그 바람에 나도 몇 번이나 눈물이 핑 돌았다.

이제 우리는 마지막 목적지를 향해 달려가고 있었다. 비스타 빌리지 로지 요양원이었다. 멀찌감치에서부터 휘파람과 박수와 함성이 들리기 시작했다. 할머니, 할아버지들이 발코니로 우리를 마중 나와 있는 것이 보였다. 정문에는 손으로 제작한 듯한 현수막이 걸려 있었다. 하얀 침대 시트에 빨간색으로 쓴 글씨는······.

스위스 포인트 중학교 학생 여러분, 정말 고마워요!

자전거에서 내리자마자 아이작은 휴대폰을 꺼내 들었다.

"가치 있는 여정이었다, 제군들! 자, 너희 둘은 계획대로 진행해. 나는 동영상을 찍을게."

리즈와 나는 파란색 플라스틱 통을 들고 요양원 정문으로 걸어갔다. 환호성이 점점 커졌다. 이윽고 문이 열리더니, 마스크를 쓴 간호사 선생님이 나왔다. 그 옆에 한 사람이 더 있었다. 리즈네 할머니였다! 할머니도 마스크를 쓰고 있었다.

리즈와 나는 간호사 선생님과 할머니 앞에서 안전 거리를 유지한 채 멈춰 섰다. 우리 둘 다 울음이 터지기 직전이었다. 리즈가 플라스틱 통을 바닥에 내려놓았다.

"저희가 만든 마스크예요. 아주 많은 친구들이 이 선물을 만드는 데 함께해 줬어요."

"뭐라고 말해야 좋을지 모르겠다. 정말 고맙다. 얘들아, 너희는 마음이 참으로 따뜻한 아이들이구나."

간호사 선생님이 말했다.

"대단한 것도 아닌걸요. 여러 선생님들이 애쓰신 덕분에 우리 할머니 할아버지도, 또 우리도 모두 무사히 지내고 있다는 거 잘 알아요. 고맙습니다."

내가 대답했다.

"우리 손녀, 이렇게 다시 봐서 얼마나 좋은지 모르겠다."

리즈네 할머니가 말했다.

"저도요, 할머니. 꼭 안아 드리고 싶은데, 그럴 수가 없어서 아쉬워요."

"너희는 이미 여기 계신 분들을 따뜻하게 안아 주었어. 진짜 멋진 아이들이야."

간호사 선생님의 눈에 눈물이 고이기 시작했다. 리즈의 눈에도, 또 내 눈에도 눈물이 그렁그렁 맺혔다.

우리가 그리워하는 일의 목록

"또 나온다!"

엄마가 소리치더니 텔레비전 음량을 키웠다.

"가장 힘든 시기가 우리의 가장 아름다운 모습을 드러내는 계기가 되기도 하지요."

아나운서의 멘트와 함께 스튜디오 화면이 자료 화면으로 바뀌었다. 아이작이 촬영한 영상이었다. 아이작은 우리의 영상을 온라인 수업에서 반 아이들과 공유했고, 나중에 유튜브에도 올렸다. 처음에는 우리 학년 아이들하고 학부모들만 그 영상을 보았지만 곧 전교생에게 알려졌다. 그러다가 지역 방송사의 눈에 띈 모양이었다. 영상의 조회 수는 이틀 만에 450

회에서 20,000회로 늘어났다. 방송사는 뉴스를 할 때마다 우리 영상을 보도했다.

"이제 퀴니와 리즈가 걸어가고 있습니다."

아이작은 화면 밖에서 나지막한 목소리로 우리의 모습을 중계했다.

"퀴니와 리즈는 언뜻 들으면 초콜릿 과자 이름 같죠? 틀린 말이 아닌 것이, 이 두 사람은 세상 누구보다도 다정하고 달콤하거든요."

벌써 수십 번이나 본 영상이지만 또 픽 하고 웃음이 새어 나왔다. 아이작이 '퀴니'라고 불러서 참 다행이었다. '큐볼'이나 '큐팁'처럼, 아이작이 나한테 붙인 별명은 그 외에도 아주 많았다.

"맨 먼저 마스크를 만들자는 아이디어를 낸 건 퀴니였죠. 저기, 간호사 선생님과 함께 나오신 분은 리즈의 할머니로군요!"

화면 속에는 리즈와 내가 정문에서 안전 거리를 유지한 지점까지 가서 멈춰 선 다음, 파란색 통을 바닥에 내려놓는 모습이 나왔다.

"모두가 힘을 합쳐 만든 마스크를 비스타 빌리지 로지 요양원에 기부하는 모습입니다. 감사의 말씀을 전할 분들이 많습니다. 최고의 선생님인 페르난데스 선생님과 스위스 포인트 중학교 3학년들, 그리고 교장 선생님, 모두 여러분 덕분입니다. 스위스 포인트 중학교 파이팅! 여러분은 이제 간호사 선생님이 눈물 흘리는 모습을 보고 있습니다……. 아, 리즈도 우네요……. 퀸도 울고 있고요."

끝에 가서는 아이작의 목소리가 갈라졌다.

"혹시나 해서 말씀드리지만, 저는 울지 않습니다. 우는 건 여러분입니다."

아무리 그렇게 말해도, 가장 크게 울고 있는 사람이 누군지는 뻔했다.

화면은 다시 스튜디오로 넘어갔다. 아나운서 뒤쪽 스크린에 리즈와 아이작, 내가 함께 찍은 사진이 보였다.

"전 이 영상을 벌써 다섯 번 넘게 봤는데요. 또 이렇게 눈물이 나는군요. 숨은 이야기를 몇 가지 소개하자면, 휴대폰 영상을 촬영하며 내레이션을 하는 학생은 아이작 피터스입니다. 아이작의 어머니는 댄스빌의 경찰서장으로 근무하고 계시죠. 그리고 리즈 엘리의 부모님은 초등학교와 고등학교에 교사로 재직 중이십니다. 또 이 아이디어를 처음으로 제안한 학생인 퀸 아르시노. 퀸의 아버지는 응급실에서 근무하는 의사로, 현재 최전선에서 분투 중이십니다. 그 덕분에 오늘의 이야기가 더욱더 따뜻하게 가슴으로 파고듭니다. 우리 사회는 모두가 한마음으로 서로를 응원하고 있습니다. 우리는 떨어져 있을 때조차 여전히 함께 있다는 사실을 꼭 기억하시기 바랍니다."

엄마가 텔레비전을 껐다. 코를 훌쩍이며 눈가에 맺힌 눈물을 손등으로 훔쳤다.

"퀸, 정말 대단한 내 딸."

엄마가 나를 안아 주었다. 나도 엄마를 꽉 안았다.

"이제 엄마는 일해야겠다. 너도 곧 수업 시작하지?"

"네, 금방요."

엄마는 사무실로 올라가고, 나는 주방으로 가서 컴퓨터를 켰다. 줌에는 이미 몇몇 아이들이 들어와 있었다. 페르난데스 선생님이 나한테 반갑게 인사를 건넸다. 선생님은 아이들이 들어올 때마다 그렇게 기쁘게 반겨 주었다. 선생님은 그게 "교실 문 앞에서 인사하는 것"과 다를 바가 없다고 했다. 무척 기분 좋은 일이었다.

나는 모니터 화면 속의 작은 창을 하나씩 살펴보았다. 온라인 수업을 시작한 뒤 친한 친구들과는 물론이고, 데면데면했던 아이들과도 이야기를 나누게 되었다. 그 덕분에 전에는 전혀 몰랐던 친구들의 이야기도 많이 알게 되었다. 우리 반은 흥미롭고 유별난 한 팀이었고, 나는 우리가 다시 한자리에 모일 수 있기를 간절히 기다렸다.

페르난데스 선생님은 출석을 부르는 대신, 학생들의 마이크 음 소거 버튼을 누르며 수업을 시작했다.

"마스크 프로젝트는 아주 훌륭하게 마무리되었다는 거, 다들 인정하지?"

박수 소리는 들리지 않았지만, 아이들이 하나둘 손뼉을 치는 모습이 보였다.

"우리가 각자의 자리에 머물며 이렇게 멀리 떨어져 있을 때도, 여전히 함께할 수 있다는 사실을 반드시 기억하자. 모두들 수고했다. 아주 잘했어."

선생님의 눈길이 책상 위에 놓인 서류로 향했다.

"음, 오늘은 너희에게 공지할 게 하나 있어. 이 내용은 학교 운영 위원회에서도 알고 있고, 오늘 오후에 지역 매체에도 전달이 될 거야."

'어?'

이런 것은 아주 좋은 조식이거나 아주 나쁜 소식, 둘 중의 하나가 분명했다.

선생님이 고개를 들고 아이들을 바라보며 말했다.

"우리 지역의 학교들은 이번 학기를 모두 지금처럼 운영하기로 결정했대."

순간 배를 훅 걷어차인 느낌이 들었다.

선생님이 설명을 이어 갔다. 그러나 내 귀에는 거의 들리지 않았다. 나는 반 아이들의 얼굴을 물끄러미 쳐다보았다. 아이들은 얼굴을 감싸 쥐기도 하고, 금방이라도 울음을 터뜨릴 것 같은 표정을 짓기도 하고, 벌떡 일어나서 화면 밖으로 나가 버리기도 했다.

그러고 보니 아이작의 모습이 보이지 않았다. 아까 줌에 들어온 것은 분명한데, 지금은 찾을 수가 없었다. 나도 그 자리에 머물고 싶지 않았다.

나는 차고로 연결된 문으로 나갔다. 차고 문의 개폐 버튼을 눌렀다. 육중한 소리와 함께 문이 열렸다. 식품들이 가득 쌓인 싱크대 상판 옆을 지나면서, 자전거를 타고 마을이라도 한 바퀴 돌까 하는 생각을 했다. 그때 바닥에 농구공을 탕탕 튀기는 소리가 들렸다.

아니나 다를까, 아이작이 앞뜰에 나와 있었다. 아이작은 나를 보더니 농구공 튀기는 걸 멈추고 물었다.

"괜찮아?"

나는 어깨를 으쓱했다.

"너는?"

"선생님이 처음 말씀을 꺼내셨을 땐, 등교를 다시 시작한다는 얘기일 줄 알았어. 설마 이런 결론일 줄이야."

"그래도 온라인 수업은 계속하잖아……."

"쓸데없이 삼삼오오 몰려 다니는 거나, 학교 식당에서 점심을 먹거나, 쉬는 시간에 즉석 농구를 하거나, 운동부원끼리 시합을 하거나, 반별로 현장 학습을 가거나, 봄 댄스 축제를 여는 건 모두 끝이고."

"네가 그리워하는 일 목록에 봄 댄스 축제가 낄 거라고는 미처 생각지 못했는걸."

"제나가 그리워하는 것하고는 차원이 다르겠지만, 우리가 죽었다 깨어나도 할 수 없는 일 중의 하나이기는 하잖아. 그런데 잠깐만, 수업이 벌써 끝났어?"

"아니, 그냥 더 듣고 싶지 않았어."

"퀸 아르시노가 수업을 박차고 나오는 날이 올 거라고는 상상도 못 했는데? 아무리 화상 수업이라고 해도 말이지. 어서 들어가."

"그럼 너도 들어가."

"난 좀 걸을 거야."

"같이 가 줄까? 물리적으로 거리를 두면서?"

아이작은 고개를 저었다.

"혼자 있어야 할 거 같아. 생각할 시간이 필요해."

내일은 내일의 태양이 뜬다

차고 문 열리는 소리가 들렸다. 아빠였다. 나는 휴대폰을 찾아 더듬더듬 손을 뻗었다. 밤 12시 35분. 오늘은 아빠가 병원에서 숙직하는 줄 알았다. 적어도 일주일에 두 번은 그러니까. 그게 얼마나 피곤할지는 상상조차 할 수 없었다.

나는 숨이 죽은 베개를 다시 부풀리고 자세를 고쳐 누웠다. 자세를 바꾸면 잠이 올까 싶어서였다. 벌써 한 시간 넘게 마음을 가라앉힐 때 쓰는 방법을 다 동원해 보고 있지만 효과가 전혀 없었다.

침대에서 내려와 복도로 나갔다. 복도 조명등이 켜져 있었다. 안방 문은 닫혀 있었고 텔레비전 소리도 나지 않았다. 엄마는 깊게 잠들어 있었다. 요새 하루하루가 너무 피곤해서 그런지 밤만 되면 정신없이 곯아떨어진다고 했다.

까치발로 계단을 내려갔다. 가스레인지 위에 조명이 켜져 있어서 어렴풋하게나마 앞이 보였다. 지하층으로 가는 문은 닫혀 있었다. 그런데 문 아래쪽 틈새로 한 줄기 빛이 새어 나왔다. 천천히 문을 열었다. 지하층에 분명히 불이 켜져 있는데, 아무 소리도 들리지 않았다. 아빠가 벌써 주무시나? 그렇다면 아빠를 깨우고 싶지는 않았다.

살금살금, 최대한 조용히 지하실로 내려갔다. 층계참까지 가서 멈춰 섰다. 내가 내려가도 되는 데가 거기까지였다. 사방이 쥐 죽은 듯이 고요한 가운데…… 이어질 듯 말 듯 희미한 소리가 들렸다. 그건 울음소리였다. 아빠가 울고 있나?

나는 아빠를 외쳐 불렀다.

"아빠!"

울음소리가 그치고 발소리가 들리더니, 아빠가 계단 아래에 나타났다. 아직 파란색 병원 가운 차림이었다.

"우리 큐캣, 이 시각에 무슨 일이니?"

"오시는 소리 들었어요."

"미안하다, 깨우고 싶지 않았는데."

"아빠가 깨우신 게 아니에요. 안 잤으니까요. 그런데 아빠, 괜찮으세요?"

"괜찮고말고."

"죄송한데…… 저, 들었어요."

아빠는 말문이 막혔는지 잠시 동안 아무 말도 하지 못했다.

"미안하다. 그럴 생각이 아니었는데. 병원에서 힘든 일이 좀 있었거든."

"전 괜찮아지고 있는 줄 알았어요."

"그렇지. 밖은 그래. 그렇지만 병원은 아직 진행 중이야. 환자들이 너무 많구나, 너무 많아……."

아빠가 몸서리치듯 몸을 떨었다.

"이번 학기는 계속 등교하지 않기로 했다던데? 그것 때문에 못 자고 있었니?"

"그래 봐야 학굔데요."

"너만 할 때 학교는 삶 그 자체지. 속이 상하는 것도 당연하고. 그렇지만 내일은 내일의 태양이 뜨고, 결국엔 다 괜찮아질 거다."

"정말 그렇게 생각하세요?"

"적어도 태양은 반드시 뜨겠지."

아빠는 어깨를 으쓱했다.

"매일매일 조금씩 나아지고 있어. 우리 딸, 내일은 다 같이 저녁 먹을까? 우리 가족 다?"

"그럴 수 있어요?"

"뒷마당에서 먹지, 뭐. 너하고 엄마는 소풍 의자에 앉고, 아빠는 멀찍이 떨어져서 다른 의자에 앉고."

"아이작도 와도 돼요? 자기 집 마당에서 먹으라고 하고?"

"당연하지! 아이작 어머니도 집에 계시면 오시라고 하자. 요새 배운 게 뭔지 알아? 모든 일을 다 하고 싶은 방식으로 할 수는 없을지 몰라도, 중요한 일들이라면 해낼 방법을 찾을 수 있다는 거야."

"그거…… 명언이네요."

"자, 우리 딸, 이제 올라가서 자. 아빠도 눈 좀 붙여야겠다. 내일 저녁때 보자."

"알았어요. 아빠, 안녕히 주무세요."

"잘 자라, 큐캣."

때 아닌 작당 모의

"다들 와 줘서 고마워."

나는 우리 집 앞마당 의자에 앉아 있었다. 아이작은 자기 집 앞에, 리즈와 제나는 아이작과 우리 집 앞 인도에 자전거를 세우고선 거기에 기대서 있었다.

"이제는 뭘 해야 하나? 난 넷플릭스도 다 봐 버렸는데."

아이작이 투덜대자 리즈가 대답했다.

"그래, 요즘 다들 그렇지, 뭐."

"아니, 이건 정도가 심했어. 나로 말할 것 같으면 넷플릭스로 세상을 배웠달까? 처음에는 평범한 것들로 시작했는데, 나중에는 영드까지 파서 영국 왕실 역사까지 달달 외고 있더라니까. 너희들, 〈다운튼 애비〉하고 〈더 크라운〉 봤어? 난 퀸 엘리자베스한테 반한 것 같아. 어린 시절의 퀸 엘리자베스한테 말이지."

"너를 위해 여기 있는 이 퀸이 영국 억양으로 말해 주리?"

내가 말했다.

"삐이! 그냥 하던 얘기나 계속해. 우리, 왜 모인 건데?"

"댄스 축제에 대해 의논하고 싶은 게 있어."

"얘기할 거리가 뭐 남았나?"

아이작이 미간을 잔뜩 찌푸리고 어깨를 으쓱였다.

"축제를 열어 볼까 하고."

내가 대답했다.

"퀸, 세상사에 관심 좀 가져 봐. 지금 전 세계적으로 전염병이 돌고 있어. 그래서 학교가 휴교를 했다고."

"네가 계속 얘기할래, 아니면 내가 설명하게 좀 놔둘래?"

"아이작, 내 생각에는 퀸이 설명하는 쪽이 나을 것 같아."

리즈가 대답했다.

"그래, 나도 퀸이 하는 얘길 듣고 싶어."

제나도 거들었다.

"그런데 이건 우리한테 할 일이 엄청 많아진다는 뜻이야."

나는 친구들을 둘러보며 미리 엄포를 놓았다.

"난 남는 게 시간이야. 계획부터 말해 봐."

아이작이 말했다.

"사실 계획이라기보다는 계획의 실마리를 찾자는 쪽에 더 가까운데……."

내가 뜸을 들이자 다들 아우성을 쏟아 냈다.

"퀸! 그냥 말해!"

그래서 나는 단숨에 내 아이디어를 털어놓았다.

"어떻게 생각해?"

모두의 얼굴에 미소가 번졌다.

"나, 할게."

리즈가 맨 먼저 손을 번쩍 들었다.

"가능할 것 같아. 뭐부터 할까?"

제나도 손을 들었다.

"먼저 페르난데스 선생님부터 우리 편으로 만들자."

"경찰서장님께 자문을 구해 보는 건? 아마도 행사 중에 지원이 필요할 테니까."

아이작이 손을 들며 말했다.

"퀸, 너희 아빠는? 의사 선생님 조언을 구하는 것만큼 든든

한 일도 없을 거 같아."

리즈가 물었다.

"맞아, 오늘 밤에 아빠한테 여쭤 볼게. 아이작, 너는 너희 엄마 생각이 어떠신지 알아봐 줘."

"오늘 저녁에 페르난데스 선생님을 줌으로 초대해서 회의를 할까?"

제나가 제안했다.

"좋아, 이걸로 일단 계획은 세워진 거야. 진짜로 축제를 열수 있을지 없을지 어디 한번 해 보자!"

모든 걸 실행에 옮기는 데는 딱 3일이 걸렸다. 각자의 부모님에게 허락을 받았고, 페르난데스 선생님한테서도 도와주겠다는 약속을 받아 냈다. 또 학교 운영 위원회에 제안할 수 있도록 축제 계획의 전 과정을 교장 선생님에게 설명했다.

지금 우리는 교장 선생님이 줌 회의에 접속하기를 기다리는 중이었다. 운영 위원회는 어떤 결정을 내렸을까? 나는 엄마와 함께 우리 집 주방에서 노트북으로 줌 회의에 접속해 있었다. 아빠는 병원에서, 아이작은 자기 집에서, 아이작 엄마는 경찰서에서, 제나는 부모님과 함께, 리즈는 자기 집에서 대기

중이었다.

페르난데스 선생님이 회의 진행을 맡았다. 선생님이 참석자 전원의 마이크에서 음 소거 기능을 해제하자, 곧 대화가 활발하게 이어졌다. 아이들보다 부모님들이 오히려 더 신이 난 것 같았다.

드디어 교장 선생님이 접속했다. 모두들 인사를 나누고 나서 페르난데스 선생님이 자신과 교장 선생님 것만 빼고 다른 마이크의 음을 모두 소거했다.

"교장 선생님, 오늘 이렇게 와 주셔서 무척 기쁩니다. 모두가 소식을 기다리고 있었어요."

"아시다시피, 여러분의 계획을 운영 위원회에 서면으로 제출하고 회의를 진행했습니다. 우리 아이들이 신중하게 기획한 세부 조항들을 자세히 설명했고요. 이 계획에 반 아이들과 선생님들, 학부모들 대부분이 찬성한다는 점, 교장으로서 나 또한 여러분의 계획을 지지하고 협력할 것이라는 점을 분명하게 밝혔습니다."

될 것 같다! 될 것 같아!

"그런데 운영 위원회에서는 여러 가지 문제점을 우려한 나머지, 여러분의 계획을 끝내 허가하지 않았습니다. 이런 소식을 알리게 되어 무척 마음이 아픕니다."

엄마가 실망감이 가득한 탄식을 내뱉었다. 내 가슴도 쿵 내려앉았다.

"안타깝네요. 저도 그렇지만, 학생들은 저보다 실망이 더 클 거예요."

페르난데스 선생님이 말했다.

"그렇다고 해서 여러분이 이 계획을 포기해야 한다는 뜻은 아닙니다."

교장 선생님이 덧붙였다.

"지금 무슨 말씀이시지?"

엄마가 나한테 물었다. 나는 어깨를 으쓱했다.

"여러분은 교내에서 '축제'를 열 수는 없습니다. 그렇지만 '지역 축제'로 계획한다면 장애물이 없을 거예요. 결정은 여러분에게 맡기겠습니다."

교장 선생님은 잠시 말을 멈추었다가 끝맺었다.

"여러분 모두 건승하기 바랍니다."

가까이 다가오지 마

나는 도로에 서서 내 발앞에 늘어선 빗금들을 내려다보았다. 49일째를 뜻하는 마흔아홉 개의 빗금이었다.

"퀸, 오늘 진짜 멋진데?"

아이작이 집 밖으로 나오며 인사했다.

"고마워."

나는 빨간색 새틴 드레스를 입고 있었다. 봄 댄스 축제 이야기를 처음 들었던 늦겨울에 미리 골라 둔 옷이었다. 얼굴에는 살짝 화장을 하고 굽이 조금 있는 구두도 신었다. 머리 모양을 매만지는 건 엄마가 도와주었다.

아이작이 물었다.

"어이, 내가 얼마나 괜찮은지는 말 안 해 주기야?"

아이작은 셔츠에 타이를 매고 그 위에 품이 큰 재킷을 걸쳤다. 거기다 새빨간 스케이트보드 신발을 신고, 신발과 색깔을 맞춘 빨간색 헐렁한 반바지로 완성! 그러면서 그게 '아이작 버전의 세미 정장'이라고 한사코 우겼다.

"그래그래, 너 되게 잘생겨 보여."

"반하지 않고는 못 배길걸?"

"그런데 누가 정말 오기는 할까?"

"무슨 소리야? 벌써 우리 둘이나 왔는데. 그리고 리즈하고 제나도 분명히 올 거고."

"모르겠어. 학교에서 허가한 행사가 아니니까······. 제나네 부모님은 안 보내 주실지도 몰라."

"좋아, 그럼 최소한 세 사람인 걸로 하자. 그러면 넌 나랑 댄스 파트너 될 기회가 두 번에 한 번밖에 안 되겠는데······? 질투하지 마."

아이작은 고개를 절레절레 젓는 나를 보고서 말을 잠시 멈추었다가 다시 입을 열었다.

"퀸, 농담이야. 걱정 마. 다 잘될 거니까."

그때 저만치에서 번쩍이는 불빛이 나타났다. 순찰차 두 대가 길 한끝을 막아서며 나란히 주차했다. 길 반대편에도 전조등을 밝힌 순찰차와 만일에 대비해 부른 응급차가 자리를 잡았다. 이로써 길 양 끝에 바리케이드가 생겼다.

"그런데 응급차까지 필요할까?"

내가 물었다.

"원래 그렇게들 하잖아. 거리 퍼레이드나 축구 시합처럼 사람 많이 모이는 행사를 할 때 말이야."

"보다시피 여긴 텅 비었잖아."

"금방 북적댈 거야. 누가 이런 구경거리를 놓치고 싶겠어?"

"그래, 우리가 한 일이지만 근사하기는 해."

길을 따라 분필로 그린 사각형이 두 줄로 쭉 늘어서 있었다. 한 변이 각각 3미터인 정사각형으로, 그 옆 사각형과 정확히 2미터 간격을 두고 그려져 있었다. 두 줄로 늘어선 사각형 사이에 2미터 간격의 통로가 있었다. 각 사각형에는 1부터 100까지 번호를 매겨 두었다. 축제 참여 인원을 100명으로 예상한 것인데, 이 많은 사각형을 분필로 그리는 데만 꼬박 하루가 걸렸다.

경찰복 차림의 아이작 엄마가 확성기를 들고 집에서 나왔다.

"우리 경관들이 온 걸 보니 든든하군. 너희 둘도 오늘 아주 멋진걸?"

"저희도 드물게 서로 뜻이 일치했어요. 축제를 허가해 주셔서 감사합니다. 이번 행사의 안전을 맡아 주신 것도요."

내가 말했다.

"아이들에게는 축제가 필요해. 어쩌면 우리 모두에게 필요한지도 모르지. 저기, 첫 번째 손님이 도착하셨군."

길 끝에 승용차 두 대가 멈춰 섰다. 차에서 각각 아이 한 명이 내려섰다. 차는 금세 떠났다. 아이들은 경찰관의 안내를 받으며 한길로 들어섰다.

남자아이는 정장 차림이었고, 여자아이는 반짝거리는 파티 드레스 차림이었다. 둘 다 마스크를 쓰고 있어서 몰라봤는데, 가까이 다가와서 보니 제나와 노아였다! 제나는 커다란 빨간 입술이 그려진 마스크를, 노아는 크고 숱이 많은 콧수염이 그려진 마스크를 쓰고 있었다.

"부모님이 허락해 주셨구나!"

동네 주민들이 하나둘 집 밖으로 나와 휴대용 접이식 의자를 펴고 마당 끝에 자리를 잡았다. 길갓집에 사는 이웃들은 오늘 밤에 무슨 일이 벌어지는지 이미 알고 있었다. 우리가 축제에 초대했기 때문이다. 부디 집 밖으로 나와서 음악을 듣고,

구경하고, 축제를 함께 즐겨 달라고……. 그래 준다면 축제 분위기가 한층 더 활기를 띨 것 같았다.

길 양 끝으로 자동차가 들어서더니, 잠시 후 아이들이 차에서 내렸다. 걸어서 오거나 자전거를 타고 오는 아이들도 있었다. 아이들은 도착하는 대로 이미 배정받은 번호가 적힌 사각형 안쪽으로 걸음을 옮겼다. 우리는 축제의 참석자들에게 미리 이메일을 보내 주의 사항을 알려 주었다. 배정된 번호에 따라 사각형 안쪽에 머물면서 2미터 간격을 유지해야 한다는 것과 '사회적 거리 두기' 정책을 어길 경우에 경고 없이 바로 퇴장하게 된다는 사실을 명시했다.

그건 경찰서장님이 우리에게 다짐받아 둔 내용이었다. 규칙 위반은 곧 귀가를 뜻했다. 그리고 아이들은 우리한테 안내받은 대로 책가방에 준비물을 챙겨 왔다. 과자, 물병, 그리고 이어폰과 휴대폰 세트다.

작은 환호성이 들렸다. 뒤를 돌아보니 페르난데스 선생님이 막 도착한 참이었다. 화려한 드레스를 입고서 직접 만든 마스크를 쓰고 있었다. 선생님이 아이들에게 손을 흔들며 가운데 통로를 지나 배정받은 사각형으로 갔다. 신나게 즐기러 온 차림이지만, 사실 선생님은 이번 축제의 보호자였다. 아이작 엄마도, 리즈 부모님도 모두 보호자를 자처했다.

"내가 걱정할 거 없다고 했잖아. 참석한다고 했던 애들은 거의 다 온 거 같은데?"

아이작이 말했다.

"그렇다는 건 이제 맡은 일을 시작할 때라는 뜻이지."

서장님이 확성기를 건네자 아이작이 말했다.

"퀸이 시작할 거예요. 퀸한테 주세요."

"소독은 다 했다. 여기 버튼 누르고 얘기하면 돼."

서장님이 확성기를 바닥에 내려놓았다.

나는 확성기를 집어 들고 심호흡을 크게 한 번 했다.

"안녕하세요!"

내 인사말이 왕왕 메아리쳤다.

"챔버스 길 축제에 오신 것을 환영합니다! 배정받은 사각형을 잘 찾아 주셔서 정말 감사합니다. 지각생들에게 몇 분만 더 시간을 준 뒤에 바로 축제를 시작하겠습니다."

뜨거운 박수와 환호성이 마을 안에 울려 퍼졌다.

길갓집 가운데 첫 번째와 두 번째 집이 가장 먼저 불을 밝혔다. 빨간 불빛과 초록 불빛이 어우러진 크리스마스 조명이었다. 곧이어 그 옆집이, 또 그 옆집이 차례로 불을 밝혔다. 초대

장을 돌릴 때 가능하면 크리스마스 조명을 켜 달라고 부탁했는데, 정말로 이렇게 동참해 준 것이다. 조명은 모두 아주 근사했다!

나는 아이작을 돌아보았다.

"너, 선곡 제대로 하기로 나하고 약속했다, 맞지?"

"유행병 시대에 딱 맞는 곡만 골랐어. 시작해 볼까?"

아이작이 집 앞마당에 설치한 디제이 부스로 갔다. 길가에 띄엄띄엄 설치한 스피커 여섯 대가 모두 거기에 연결되어 있었다. 죄다 빌려 온 장비지만, 깨끗이 소독한 다음 경찰차로 실어 왔다.

가수들의 콘서트장처럼 빔 프로젝터와 스크린을 다섯 군데나 설치했다. 스크린은 차고 문에 침대 시트를 걸치는 것으로 대신했다. 음향과 영상이 모두 빵빵한 축제가 되길 바랐기 때문이다.

이제 동네 주민들도 거의 다 집 밖으로 나왔다. 엄마와 아빠도 앞마당 끝에서 서로 2미터 간격을 두고 이쪽을 바라보았다. 나는 엄마와 아빠를 위해 미리 사각형을 그려 두었다. 두 분이 함께 나를 향해 엄지를 척 들어 보였다.

아이들은 길 위의 사각형을 빼곡히 메운 뒤 한쪽 귀에만 이

어폰을 끼웠다. 마주한 사각형의 아이들은 서로 첫 곡의 댄스 파트너가 될 거였다.

이제 준비는 모두 끝났다. 나는 아이작에게 신호를 보냈다.

"여러분! 축제 즐길 준비, 됐습니까?"

아이작의 목소리가 스피커에서 터져 나왔다. 대답 대신 길 한가득 환호성이 쏟아졌다.

"여러분! 축제 하면 스위스 포인트 중학교를 따라올 학교가 있습니까?"

"없습니다!"라며 더 큰 환호성이 터졌다.

"첫 곡 나갑니다!"

엄마와 아빠가 좋아하는 노래라 단번에 알아차렸다. 폴리스의 〈Don't Stand So Close to Me(가까이 다가오지 마)〉였다! 옛날 노래지만 지금 이 순간에 완벽히 들어맞는 곡이었다.

또 한 번 환호성이 터졌다. 이번에는 구경하던 주민들이 지르는 함성이 더 컸다. 아이들이 춤을 추기 시작했다. 마당에 서 있던 주민들도 덩달아 춤을 추었다. 엄마 아빠를 따라 구경을 나온 꼬마들도 춤을 췄다. 어떻게든, 우리는 해냈다!

마법이 끝나기 전에

나는 늘어선 사각형들 사이에 난 2미터 폭의 통로를 거닐면서 현장을 둘러보았다. 모두가 즐거워하고 있었다. 그건 우리의 축제 기획이 대단해서가 아니었다. 진짜 이유는 따로 있었다. 이 축제는 며칠째 물 한 모금 마시지 못하고 사막을 헤매던 사람에게 주어진 한 컵의 물이나 마찬가지였다.

우리는 모두가 만남에 목말라 있었다. 비록 2미터 거리를 두고 있어서 서로를 만질 수는 없었지만. 또 마스크로 무장한 채 이루어진 것이긴 했지만.

마스크! 마스크야말로 정말 좋았다! 옷이랑 재질을 맞춰 세심하게 제작한 마스크도 있었다. 좋아하는 스포츠팀 로고를 그린 마스크도 있었다. 힘겹게 억지 웃음을 짓는 마스크도, 찡그린 표정을 표현한 마스크도, 치아가 몽땅 빠진 것처럼 보이는 마스크도 있었다. 몬스터, 좀비, 히어로 캐릭터를 표현한 마스크도 보였다. 내 마스크는 제일 단순했다. 그냥 웃는 얼굴이었다.

노래가 한 곡 끝날 때마다 아이들은 자리를 한 칸씩 왼쪽으로 옮겼다. 꼭 초대형 자리 뺏기 게임처럼 보였지만 자리를 빼앗기는 아이는 한 명도 없었다. 맞은편 사각형 속 아이는 늘 다음 노래의 댄스 파트너가 된다는 규칙이었다. 다들 지치지도 않고 춤을 추었다. 개교 이래 이보다 더 열정적인 댄스 축제가 또 있었을까?

잠깐씩 휴식을 취하기도 했다. 자리에 앉아서 과자를 먹거나 음료수를 마시거나, 누군가와 휴대폰으로 이야기를 나눴다. 춤을 추든 이야기를 나누든, 모두들 즐거워 보였다.

한쪽에는 '전염병 시대의 세계 유람'이라고 이름을 내건 사진 촬영 부스도 마련되어 있었다. 제이콥슨 아저씨네 집 바로 앞이었다. 제이콥슨 아저씨는 솜씨 좋은 아마추어 사진사로, 안전 거리를 유지하면서도 고급 렌즈와 줌 인 기능을 써서 멋진 사진을 찍었다. 사진에 특수 효과를 넣어 주겠다며 초록색

스크린도 설치해 두었다.

그 덕분에 우리는 그 초록색 스크린 앞에 서는 것만으로도, 전 세계 명소를 배경으로 기념 사진을 촬영할 수 있었다. 당장은 해외여행을 꿈도 꿀 수 없는 처지지만, 사진에서만큼은 피라미드와 파리, 또 달에 다녀올 수도 있었다. 깊은 바닷속 거북이, 돌고래와 함께 헤엄칠 수도 있었다. 모두 장관이었다. 나는 고층 건물들이 만드는 뉴욕의 스카이라인을 골랐다.

이 사진들은 나중에 '최고의 마스크 선발 대회'에서 순위를 다투게 될 것이다. 학교 홈페이지 게시판에 올려, 전교생을 대상으로 누구의 마스크가 가장 멋진지 투표를 벌이기로 했다.

물론 그 밖에도 수백, 수천 장의 사진이 찍히고 동영상이 촬영되었다. 거의 모두가 각자의 휴대폰을 꺼내 들고 있었으니까. 모두의 SNS에 곧 이 사진과 영상이 넘실거릴 것이다. 우리는 이 사진과 영상을 오래도록 꺼내 보고 기억하겠지.

이 모든 일의 배경에 음악이 흘렀다. 아이작의 재기 발랄한 선곡과 아이들의 즉석 문자 신청곡으로 꾸려진 그날 밤의 플레이리스트는 장르를 넘나들며 모두를 자리에서 일으켜 세웠다.

가장 먼저 우리를 휘어잡은 노래 〈U Can't Touch This(넌 손댈수 없어)〉역시 전염병 시대에 딱 들어맞는 노래였다. MC 해

머가 스크린에서 춤을 추는 동안, 길에서는 우리 아빠가 MC 해머의 춤을 따라 추고 있었다. 어라, 이제 보니 우리 아빠, 춤을 좀 추는 편이었다!

아이작은 누구라도 몸이 들썩거릴 법한 축제용 음악을 고르면서도 이 축제가 진정으로 의미 있다는 걸 말해 주는 노래도 많이 골랐다. 우리는 깔깔거리며 웃었다. 눈물을 글썽이기도 했다. 이런 노래들을 들으면서.

- ▶ Don't Stop Believing (믿음을 버리지 마)
- ▶ I Think We're Alone Now (우리는 지금 외로운 것 같아)
- ▶ We're All in This Together (우리는 이렇게 함께야)
- ▶ I Will Survive (난 견뎌 낼 거야)
- ▶ The Safety Dance (안전한 춤)
- ▶ Don't Come Around Here No More (더는 여기 얼씬거리지 마)

스크린에는 각 노래의 뮤직 비디오가 쉴 틈 없이 재생되었다. 온라인에서 선풍적인 인기를 끌고 있는 〈Lottery : Renegade (복권 : 이탈자)〉가 시작될 때는 아이들이 어찌나 큰 환호성을 내지르던지, 이웃 동네에서도 귀를 쫑긋 세울 것 같았다. 우리 아빠가 MC 해머의 춤을 절로 따라 추듯, 우리 세대 아이들은 누구나 〈Lottery : Renegade〉 춤을 외우고 있었다. 물론 나와 있던 어른들은 그 노래도, 춤도 깜깜이었을 것이다. 페르난데스 선생님만은 예외겠지만.

그날 밤은 내내 그렇게 흘러갔다. 서로 다른 세대의 노래에 열광하며 춤을 추었다. 아이작은 모두에게 행복을 선사하고 있었다. 믿기 힘들지만 전문 디제이처럼 능수능란했다. 선곡만 잘한 게 아니라 노래와 노래 사이를 매끄럽게 진행해 나가는 실력이 제법이었다. 관중의 참여를 이끌어 내고 익살스런 조크를 던지고…… 수년간 교실을 돌아다니며 장난기를 갈고닦은 것이 모두 이 축제를 위한 수련 과정이었던 것 같았다.

마지막 곡 〈Staying Alive(살아 있는 거야)〉가 거의 끝나 갈 무렵, 아이작이 사뭇 진지한 어조로 입을 열었다.

"여러분, 아쉽게도 이 축제를 끝낼 때가 온 것 같습니다."

아이작의 말에 아이들은 "우우!" 하는 야유로 화답했다.

"알아요, 저도 압니다. 하지만 우리는 집회 규칙을 준수하기로 약속했고, 모두들 그 약속을 지켜 주시기 바랍니다. 아쉬움을 담아 딱 한 곡, 더 보내 드립니다. 이번에도 역시 신청곡입니다. 바로 교장 선생님이 남편께 바치는 노래!"

아이작의 말에 아이들은 "오오!" 하는 감탄사를 터뜨리며 교장 선생님을 찾아 주위를 두리번거렸다. 이제껏 축제에 취한 우리는 교장 선생님이 와 있는 줄도 몰랐다! 교장 선생님은 남편과 함께 누군가의 집 앞마당에 서 있었다. 두 사람이 손을 흔들자 아이들이 환호했다.

"여러분, 이 말만은 꼭 해야겠습니다. 교장 선생님께서 이 곡을 제가 아닌 다른 분을 위해 신청하다니, 저는 크게 실망했습니다. 왜냐하면 평소에 저는 교장 선생님께 벌을 받으며 방과 후 많은 시간을 함께 보냈기 때문이죠. 저는 장담합니다. 여러분, 만약 이 곡에 맞춰 춤을 추지 않는다면, 여러분은 언젠가 방과 후에 교장실로 호출받게 될 겁니다!"

노래가 시작되었다. 스크린에서 펑키한 헤어 스타일을 한 남자가 쓰레기통 뚜껑을 열고 나왔다. 엄마와 아빠가 좋아해서 나도 아는 노래, 빌리 아이돌의 〈Dancing with Myself(나 홀로 춤을)〉이었다. 교장 선생님이 음악에 맞춰 어깨를 들썩이기 시작했다. 길거리에서, 마당과 잔디밭에서, 한 사람 한 사람이 모두 춤을 추고 있는 것 같았다. 이건 마법이었다. 그리고 그 마법이 서서히 끝나 가고 있었다.

세상 끝의 사랑

　이제 거리는 텅 비었고, 크리스마스 조명도 차례차례 어둠에 묻혔다. 스크린은 모두 거두어들였고, 여섯 개의 스피커도 아이작네 집 마당으로 돌아왔다. 길 끝에 마지막까지 남아 있던 순찰차도 떠나갔다. 분필로 그린 사각형들만 길 위에서 제자리를 지키고 있을 뿐, 방금 전까지 이곳에서 무슨 일이 벌어지고 있었는지 증명해 줄 만한 흔적은 거의 남지 않았다. 바닥을 나뒹구는 쓰레기조차 없었다. 모두가 돌아가는 길에 각자의 쓰레기를 챙겨 갔기 때문이다.

　나는 앞마당에 앉았다. 오늘 저녁 들어서 처음으로 어딘가에 앉는 순간이었다. 눈을 감자 눈앞에 오늘의 축제 광경이 펼

쳐졌다. 웃음이 났다.

"같이 앉아도 되니?"

나는 아빠의 목소리에 고개를 들었다.

"그럼요."

아빠는 나에게서 2미터 떨어져 의자를 내려놓았다.

"기분 좋겠구나."

"네, 꽤 잘 끝난 것 같아요."

"꽤 잘 끝났다니? 퀸, 이 축제는 환상적이었어. 넌 오늘 아주 중요한 일을 해낸 거야."

"그냥 축제인걸요. 중요한 건 아빠가 하시는 일이죠."

"네가 한 일을 과소평가하지 마. 그건 그냥 평범한 축제 이상이었어. 많은 사람이 이 뒤숭숭한 시절에 몇 시간 동안 행복에 겨워 있었지. 넌 사람들한테 즐거움을 선물한 거야. 잠시나마 모든 걸 잊게 해 주었고. 그것도 네 친구들에게만이 아니라 이 동네에 사는 모든 사람들에게. 너는 모두에게 희망을 줬어, 아빠에게도. 정말 고마워. 큐캣, 사랑한다."

"저도 사랑해요."

"그리고 전 두 분이 저를 정말로 사랑한다고 확신합니다!"

언제부터 거기 있었는지, 아이작이 자기네 집 앞마당에서 외쳤다.

"그야 말할 것도 없지. 아이작, 너 오늘 대단하더라!"

아빠가 말했다.

"학교에서의 말썽이 완벽한 디제이 수업이 될 줄은 몰랐어요. 그렇지만 퀸을 춤추게 하진 못했죠."

"난 너무 바빴어."

"지금도 바빠?"

아이작이 물었다.

"지금은 별로."

"그럼 너희 집 앞 사각형으로 곧장 가."

아빠가 의자에서 일어섰다.

"난 가서 엄마가 어쩌고 있는지 한번 봐야겠다."

"그러시겠어요?"

아이작이 빙그레 웃었다. 내가 사각형 안으로 걸어가자 아이작이 디제이 부스에 들어섰다.

"이 밤, 마지막의 마지막 노래를 축제 총감독에게 바칠게."

한층 차분해진 아이작의 목소리가 아직 연결이 끊기지 않은 스피커에서 흘러나왔다.

"퀸, 내가 아는 중에 가장 좋은 사람에게."

나도 모르게 얼굴이 화끈거렸다. 이윽고 노래가 시작되었다. 〈Love at the End of the World(세상 끝의 사랑)〉이었다.

"나, 이 노래 좋아하는데!"

"알아, 그래서 아껴 둔 거야."

아이작도 자기 집 마당 끝으로 걸어 나왔다.

"이번 곡은 내가 파트너 해도 돼?"

나는 주위를 둘러보았다.

"남은 사람도 없는걸?"

"보는 사람이 없는 게 나아. 내 춤 실력이 썩 좋진 않거든."

"그걸 내가 모를까 봐?"

아이작이 웃었다.

"퀸, 너한테는 정말 거짓말을 할 수가 없어."

아이작은 춤을 추기 시작했다.

아이작의 춤은 진짜 별로였고, 그래서 더 최고였다.

나도 춤을 추기 시작했다. 왜인지 설명할 수는 없지만, 나는 이것이 우리 세상의 끝이 아니란 걸 알 수 있었다. 이건 이 춤의 시작일 뿐이었다. 다 괜찮아질 것이다.

가까이 다가오지 마

첫판 1쇄 펴낸날 2020년 11월 2일
　　 5쇄 펴낸날 2021년 9월 30일

지은이 에릭 월터스　**옮긴이** 김선영
발행인 김혜경　**편집인** 김수진
주니어 본부장 박창희
편집 길유진 진원지 강정윤
디자인 전윤정 정진희
마케팅 이상민 강이서
경영지원국 안정숙
회계 임옥희 양여진 김주연

펴낸곳 (주)도서출판 푸른숲
출판등록 2003년 12월 17일 제2003-000032호
주소 경기도 파주시 심학산로 10, 우편번호 10881
전화 031) 955-9010　**팩스** 031) 955-9009
홈페이지 www.prunsoop.co.kr　**이메일** psoopjr@prunsoop.co.kr

ⓒ 푸른숲주니어, 2020
ISBN 979-11-5675-276-9 44840
　　　 978-89-7184-419-9 (세트)